U0678571

L'Atlantide

大西岛

〔法〕彼埃尔·博努瓦　著　　郭宏安　译

百花洲文艺出版社
BAIHUAZHOU LITERATURE AND ART PRESS

图书在版编目（CIP）数据

大西岛 /（法）彼埃尔·博努瓦著；郭宏安译. —南昌：百花洲文艺出版社, 2023.4
ISBN 978-7-5500-4800-3

Ⅰ. ①大… Ⅱ. ①彼… ②郭… Ⅲ. ①长篇小说－法国－现代
Ⅳ. ①I565.45

中国版本图书馆CIP数据核字（2022）第181654号

大西岛

〔法〕彼埃尔·博努瓦　著　郭宏安　译

出版人　陈　波
丛书策划　程　玥
责任编辑　黄文尹　程昌敏
书籍设计　方　方
制　作　何　丹
出版发行　百花洲文艺出版社
社　址　南昌市红谷滩区世贸路898号博能中心一期A座20楼
邮　编　330038
经　销　全国新华书店
印　刷　江西千叶彩印有限公司
开　本　720mm×1000mm　1/32　印张　8.25
版　次　2023年4月第1版
印　次　2023年4月第1次印刷
字　数　160千字
书　号　ISBN 978-7-5500-4800-3
定　价　45.00元

赣版权登字：05-2022-200

邮购联系　0791-86895108
网　址　http://www.bhzwy.com
图书若有印装错误，影响阅读，可向承印厂联系调换。

目　录

译序一

传说大西洋中曾有一岛，名亚特兰提斯（今译作“大西洋岛”，亦有译作“大西洲”者）。岛上风光秀丽，物产丰富，文明昌盛。公元前九千六百多年，忽为海浪所吞，从此杳无踪影，后人只能在公元前七世纪戈麦尔和公元前三四世纪柏拉图等人的著作中读到或略或详的记载。这些记载成了不少作家取得灵感的源泉，启发他们写下了一些脍炙人口的作品，如英国弗兰西斯·培根的小说《新大西洋岛》、西班牙雅辛托·维尔达格的史诗《大西洋岛》。其中，法国彼埃尔·博努瓦的《大西洋岛》则是独辟蹊径，别开生面，将沉没的海岛与古海中浮出的撒哈拉大沙漠联系起来，导演出一幕惊心动魄的悲剧。

《大西洋岛》并不是法国文学史上不可或缺的重要作品，它只是一部家喻户晓、人见人爱的优秀小说。

这本书的作者彼埃尔·博努瓦是中国读者所不熟悉的，他的作品似乎还未曾被介绍过。他生于1886年，卒于1962年，年轻时曾在突尼斯、阿尔及利亚等地生活多年，受过良好的法律、文学和史学方面的教育。他于1931年被选入法兰西学士院，写有两部诗集和四十多部小说，拥有大量的读者。

在法国，谈到某位作家，人们常常称其为某书的作者，而不必指名道姓，所提到的作品当然是这位作家最有代表性的作品，例如，巴尔扎克被称为《高老头》的作者、斯丹达尔被称为《红与黑》的作者、福楼拜被称为《包法利夫人》的作者，等等。在法国人的笔下，彼埃尔·博努瓦被称为《大西洋岛》的作者。

翻译一部外国文学作品，总要多少给可能的读者一些东西，或者启迪其思想，或者愉悦其精神，或者广博其见闻，或者增长其知识，至少不要浪费其宝贵的时间与精力。然而，能够使读者同时在各方面都有所收获的作品，是极少的，而且，能够使各种水平的读者都说一声“好”的作品，也为数不多。古今中外，概莫如此。《大西洋岛》这本小说，自然不属于那“极少”之列，但把它列入“不多”之类，却有几分把握。见仁见智，不同的读者未尝不可以在不同的方面有所收获。

《大西洋岛》初版于1919年，全法国立刻为之疯魔，次年获法兰西学士院小说大奖，后来又接二连三地被搬上银幕。六十年过去了，它的平装本仍在大量印行。时间证明了它的生命力和吸引力。

值得探究的是，《大西洋岛》的生命线在哪里？它的魅力从何而来？

毫无疑问，圣亚威中尉神秘莫测的命运，莫朗日上尉对使命和友谊的忠诚，昂蒂内阿女王短暂残酷的爱情，塔尼-杰尔佳对故土深沉执着的眷恋，撒哈拉大沙漠诡奇壮丽的风光，足以打动和吸引一般的读者；而历史教授勒麦日旁征博引的奇谈妙论，比埃罗斯基伯爵真伪莫辨的奇特身世，逃避丑恶现实、追寻世外桃源的顽强意志以及波澜起伏、首尾呼应的结构艺术，也不能不使比较苛求的读者感到兴味盎然，生出无穷遐想。但是，只有这些，仿佛还不能造就一本成功的小说，尤其不能造就一本有生命力的小说；还得有一个灵魂，使上述的一切有所附丽。这样的灵魂，《大西洋岛》有。

激情，是《大西洋岛》的灵魂。那是一种“明知山有虎，偏向虎山行”、欲罢不能、难以理喻的激情，在书中，它表现为一种狂热、执着、不顾一切地追求，哪怕是那位神秘的女王的吞噬一切、毁灭一切的爱情。实际上，能够裹挟一个人的激情又何止于爱情！一个人可以像飞蛾投火一样拼着一死也要飞向光明。假如他第一次接近了光明而未被烧死，他会第二次第三次地飞向那“依然很高的烛火”，被“烧着了翅膀”跌落下来也在所不惜。那“烛火”，可能是爱情，也可能是其他。莫朗日上尉对于史实的考证（尽管是出于宗教目的）和塔尼-杰尔佳对于故土的思念，都是极好的例证。

有一个富于哲理的灵魂，这是《大西洋岛》在格调上高出一般冒险小说的地方。《大西洋岛》的魅力应该在这里被发掘，它的生命线应该在这里被探寻。

当然，《大西洋岛》所蕴含的思想既不先进，也不高深，我们甚至还可以说它流露出相当浓厚的殖民主义情绪。因此，我们不必在没有矿脉的地方拼命打钻，试图挖掘出什么来，或者硬要把发红的石头当成赤铁矿。那一点点哲理已经足以使《大西洋岛》在它厕身其中的那一流小说中显露出一枝独秀的风采了。

第一次世界大战之后，在战胜国的法国，社会上弥漫着一种歌舞升平、追求享乐的风气，旨在吸引读者的好奇、刺激读者的幻想、满足读者的消遣心理的作品（小说、戏剧等）应运而生，蔚然成风。《大西洋岛》自然应该被归在这类作品中，但是它能够脱颖而出，在格调上略胜一筹，不愧为此类小说中的上品，而且在艺术上，它的确体现了优秀的通俗小说的长处，如：结构紧凑，不枝不蔓；叙事简明，脉络清晰；人物生动，性格鲜明；语言干净，不乏幽默；巧妙地运用历史、地理、考古等方面的知识，既显得博学，又不给人以卖弄之感；同时，它又避免了此类小说常有的毛病，如程式化、矫揉造作、人物形象干瘪、空洞苍白的道德说教等。

总之，《大西洋岛》并不是在法国文学史上占有显赫地位的作品，甚至也不常常悬在文学史家的笔端；然而，它虽然不是堂庑阔大的宏构，却可以是一段游廊，一角园林，一丛鲜花，甚至一片山石，有特色，有光彩，有风格，足以引起游人的注意而使他们放慢脚步，看上几眼。

在平装本《大西洋岛》的封底上，赫然写着这样几句话："您有一整夜的时间吗？如果有，请打开这本独一无二的书吧，读上开头的几行……当您在狂热中度过几个钟头后合上书本的时候，已经是曙光初照了……"不用说，这是一种广告式的语言，不过，它并没有丝毫的夸张，它说的的确是真话。《大西洋岛》具有一种罕有的魅力，它能使打开它的人屏气敛息，不忍释手，一气终卷。有好奇者，不妨一试。

郭宏安

1981年9月于北京

译序二

关于这本书的译名，还有几句话要说。

二十年前，当这本书的译文第一次出版的时候，书名是被译作“大西洋岛”的。我也知道，“Atlantide”一词，通常是译作“大西岛”或“大西洲”的，但是，为了突出其与大西洋的关系，它毕竟是被大西洋的海浪淹没的一座岛，随手就写下了“大西洋岛”四个字。细细想来，我当时似乎是在一种狂热的冲动中进行翻译的，如同费里埃中尉所说：“我们俩都沉浸在不寻常的幸福中，时而大笑，时而像孩子一样哭泣，一边还不断地反复说道：‘赶快！赶快！’”。

狂热之中，未遑斟酌，书印出来后，才渐渐觉得不妥。“洋”“岛”二字，本属对举，放在一起，颇感不类。但书已印出，只能留下遗憾了。不想这本书有了再版的机会，也就可以在“大西岛”或“大西洲”之间作一选择了。洲之为义，有二解：一为水中陆地，一为大陆及其附属的岛屿的总称。Atlantide或“淹没”，或“浮现”，不害其为“岛”也，为避免歧义，还是以称“大西岛”为是。辗转再三，于是取了“大西岛”作为译名。勒麦日先生考证了半天，只是以“浮现”取代了“淹没”，不过，若没有“浮现”，何来昂蒂内阿的王国以及由此而起的一系列惊心动魄的故事呢？勒麦日先生功莫大焉，他的考证支撑起一部小说。“浮现”也好，“淹没”也好，皆为小说家言，我们只是把它当作小说读就是了，不必当真。

记得二十年前，我初读《大西岛》的时候，是一口气读完的，只用了一个晚上，确如袖珍本《大西岛》封底所言："当您在狂热中度过几个钟头后合上书本的时候，已经是曙光初照了……"翻译的时间毕竟要长许多，不过也仅用了一个月的时间，如今再读一遍，仍然是一口气读完，仍然是用了一个晚上，而并没有什么大的改动，除了译名。这是激情的作用吗？也许是吧。一本近百年前出版的小说，如今仍然保持着它的魅力，起码对我这样的读者还有着不可抗拒的诱惑。二十世纪五六十年代，法国文坛上曾经发生过传统小说和新小说之间激烈的对抗，新小说借助媒体和一些大学教授的力量居然一时间内成了气候，给人们造成"传统小说已经过时"的印象，似乎从此以后就是新小说一统天下了。新小说挑战的是"读者的阅读习惯"，而所谓阅读习惯，从根本上说，就是读者对故事的渴望。然而，虽有新小说家及其理论家的鼓噪，读者并不领情或没有被吓倒，仍然继续着他们的习惯或与时俱进地调整着他们的习惯，于是出现了传统小说谈的人少而读的人多的现象。被新小说家们视为自己人的加缪曾经说过，故事是小说读者的永恒的需要。因此，小说不能没有故事，时代的进步和文学的变化只能使作家对故事的讲法有所变化，而不能取消故事本身。果然，未出十年，法国的文坛又恢复了"读的人很多但谈的人很少"和"读的人很少但谈的人很多"这样两种文学并存的局面。彼埃尔·博努瓦的小说自然是属于"读的人多而谈的人少"的传统文学，从二十世纪八十年代开始，又有人谈论他了，在他百年诞辰的时候举行了纪念活动，而且出版了研究的专著。看来，对小说而言，有没有一个好的故事，是成败的关键，然后才是讲述的技巧之类。《大西岛》是一个著例，是可以给我们的作家以启发的。

彼埃尔·博努瓦是一个极其成功的作家，所谓极其成功意味着他有很多的读者，不仅有很多普通的不以写作为业的人，而且有不少在艺术上很苛刻的人，例如雷翁·都德、莫里斯·梅特林克、保尔·雷奥多、昂利·物·蒙太朗、让·高科多、弗朗索瓦·莫里亚克、让-路易·居尔蒂斯等。他不仅善于讲故事，更是一个诗人，他的人物有细腻的内心世界，神秘的氛围隐藏着深刻的哲理。总之，他继承了传统小说，也发展了传统小说，他是一位有着丰富的想象力和创造力的作家。

法国已故当代著名作家让-路易·居尔蒂斯在他1985年的一篇文章中写道："我常常向我的同行提到彼埃尔·博努瓦的名字。我感到能惊奇，许多人居然从未读过《大西岛》的作者的作品。他们知道这是一位两次世界大战之间在民众中取得巨大成功的作家，但是他们的好奇心到此为止。冷漠或轻蔑，这就是他们的态度。相反，当我让年轻人读博努瓦的书的时候，无论他们是否是文学青年，他们总是充满了热情。他们读了我推荐的、我认为是杰作的四五本书之后，都毫无保留地进入他的小说世界，在这个世界中，最古怪的巴洛克与结构的严谨争雄，典型的故事和传说经由最敏捷的智慧再度创造出来，幽默、狡黠甚至某种滑头与这个世界并不陌生。"他说彼埃尔·博努瓦由于过于成功而不得不跌入"遗忘的炼狱"，但是，"某些迹象表明，博努瓦的炼狱要到头了"，应该为博努瓦重新回到文学的舞台上来做些准备了。居尔蒂斯的预言是否应验了可以不论，但是，普通读者的阅读习惯，一如其旧，即要一个好故事；而他所描述的作家与普通读者之间的距离，更是值得我们深思。

好的小说不一定拥有大量的读者，而拥有大量的读者的小说则大部分是好的小说。小说应该而且必须创新，即便到了面目全非的程度，也是可以存在的，但是，小说的本质和面貌保持古典的（或曰经典的）形态，则是必需的。“三无（无性格、无环境，无情节）小说”可以存在，但是要求所有的小说都变成“三无小说”，那就是非分之想了。居尔蒂斯的许多同行对博努瓦的小说表示“冷漠或轻蔑”，或出于无知，或出于清高，或出于追逐时髦的虚荣，或竟屈服于新小说的压力。俱往矣，传统小说和新小说彼此激烈对抗的时代！今天，喜欢博努瓦小说的人们可以不再担心有“过时”之讥了。

郭宏安

2002年1月于北京

译序三

《大西岛》，这是一本1919年出版的法国小说，作者是彼埃尔·博努瓦，法兰西学士院院士。小说不长，译成中文仅二百页。如果你有一整夜的空闲，我建议你翻开它，激情或狂热会攫住你，使你不忍释手，非一气终卷不可。当你合上书本、恢复平静的时候，你会问：一本近百年前出版的小说，今天读起来仍不失新鲜，它的魅力来自何处？

大西岛，又名大西洋岛或大西洲，或音译为亚特兰蒂斯，传说中是一个风光秀丽，物产丰富，文明昌盛的岛屿，柏拉图说，它于公元前九千六百年的某日忽为海浪所吞，从此杳无踪迹。人们在希腊的克里特岛、在撒哈拉、在德国的赫尔戈兰岛、在墨西哥、在其他许多地方，寻找蛛丝马迹，试图确定它的方位。近有考古发现，说它就是希腊在爱琴海中的桑托兰岛。此聊备一说而已。不过，由此引发出一系列的名著，不可不知，例如培根的《新大西岛》。博努瓦的《大西岛》则另有说法，它不是为海浪所吞，而是由于水的簇拥，在古撒哈拉海中“浮现”出一岛，围着两圈陆地和三圈干涸的海水，中间是一块肥沃的绿洲，住着美艳而冷酷的女王。他的这种说法，不具考古实证的意义，但是出于大胆瑰丽的想象，是一个演绎小说的绝妙舞台。出手便奇，配得上一个精彩绝伦的故事。

《大西岛》的魅力来自何处呢？

一氛围。让·斯塔罗宾斯基说：“被隐藏的东西使人着迷”。大西岛就是一个“被隐藏”的地方。随着德·圣亚威的叙述，人们不由自主地一步步接近大西岛，大西岛的秘密被一层层揭开，但是他如何杀死莫朗日上尉仍如一团迷雾，细节被隐去了。六年之后，背负着弑友之名的德·圣亚威上尉又要和费里埃中尉一起重返大西岛，拼得一死也要品尝昂蒂内阿的爱情，甘愿被制成希腊铜的铸像，编上号放在红石厅的壁龛里。为什么他们要像飞蛾扑火一样地靠近燃烧的火苗？为什么他们要背叛家庭、祖国、荣誉而倾心于噬人的爱情？整个小说周围荡漾着一重神秘的氤氲，而这神秘由一种忧郁的语调叙述出来，犹如一片冰冷的薄雾弥漫在闷热的大地上，仿佛有一双凄凉而执着的眼睛在望着你。

二风景。我们是在撒哈拉，我们的眼前是一片沙漠和戈壁的景色。“大漠孤烟直，长河落日圆”，《大西岛》的风景描写给人一种单调而又阔大的感觉，风景的构成非常单纯，而元素的描绘却异常丰富。孤烟直上，落日浑圆，大漠的景致只是在天上，于是“天空”成为《大西岛》风景的主体。且看博努瓦对于天空的描绘，就看他使用的形容词吧：玫瑰色的、银色的、紫黑、白色的、苍白的、紫色帷幔、火红的、殷红的、橙色的、深蓝、淡黄色、泛白的、淡丁香色等等。大西岛的中心霍加尔高原，景色则判若天壤，一派青山绿水花团锦簇的风光。《大西岛》的风景描写是简约的，与古典小说中大段的景物描绘不同，往往只是一两行文字，却与人物的行动紧密相连，对气氛的烘托起到了画龙点睛的作用。

三历史。《大西岛》的情节是在一个真实的历史背景下展开的，这个背景就是法国的殖民扩张。德·圣亚威中尉的探险活动主要是“看看南霍加尔”，“确信阿西塔朗的图阿雷格人与塞努西教团的关系是否一直像他们同意杀害弗拉斯泰尔考察团那个时候那样友好”。弗拉斯泰尔是一名军官，1881年在撒哈拉沙漠考察时被图阿雷格人杀害，而塞努西教团是反对基督教的，其时正与图阿雷格人联合，试图结束法国人的统治。书中的一位少校说得好：“有朝一日，可以写一部有关法国殖民扩张的不寻常的绝妙历史。法国的殖民扩张，如果不是迫使政府，那就总是背着政府来进行的。”然而，德·圣亚威中尉的冒险经历，与法国政府的殖民扩张形成了鲜明的对比，极具讽刺意味。

四人物。《大西岛》的人物主要有三个：德·圣亚威中尉、莫朗日上尉和大西岛女王昂蒂内阿。德·圣亚威中尉勇敢而略带忧郁，对现代文明的庸碌充满了恐惧和厌恶，宁愿在孤独的探险中寻求逃避；莫朗日上尉坚强而不乏渊博，对知识的追求充满了向往，却在死亡的威胁下守护着友谊；昂蒂内阿是一个女权主义者，对男人的始乱终弃恨之入骨，自认为背负着为天下多情女子复仇的使命。其他人物亦有可说，例如勒麦日先生，他表面滑稽而实际上非常严肃，因为他的博学给小说和昂蒂内阿的心理动机提供了存在的基础，塔尼-杰尔佳对故乡的眷恋则有一种悲剧的意味。还有一个人物我们不要忘记，那就是费里埃中尉，虽然着墨不多，却是贯穿始终的人物，因为他是德·圣亚威上尉的倾诉对象。

五心理。对现实生活的污泥浊水的恐惧和厌恶，在孤独的探险中寻求解脱和快乐，这是德·圣亚威上尉的一切行动的心理基础。但是，他欲得孤独而不能，不得已同莫朗日上尉一起上路，去撒哈拉沙漠的中部探险。在由铭文引导的、向着他们的命运前进的道路上，他由戒备、怀疑到信任，到产生裂痕直至因嫉妒而杀了莫朗日，他由试图杀了昂蒂内阿到逃离霍加尔、穿越干渴之国再到顶着怀疑的目光生活了六年、又一次迎着命运走上通向恐怖之国的道路，去追求“一种未经探察的、未被玷污的本质”，即“一种神秘的爱情”，这中间的曲折变化，小说都交代得清楚而细腻，要言不烦，点到而已，重要的是人物的行动，是建立在一定的心理基础上的人物的行动。

六典故。《大西岛》中大量使用历史、文学、地理、考古等知识和典故，除小说中的人物外，奇遇诸人皆有来历，且赋予真名实姓，历史则实有其事，加以时间和空间上的巧妙配合，给人以身临其境、似真若实之感。《大西岛》的故事原有所本，作者又研究了大量的历史、地理、考古方面的有关专门著作，所以，小说完全是在一个真实的环境中展开，其虚构性和创造性是可信的，也满足了一部分文化修养较高的读者的需要，除了得到读小说的愉悦之外，还有知识的享受。其实，《大西岛》典故的使用并非为了可读性，而是在细节的荒诞可笑之外，暗含着深意，比方第十三章《基托米尔的哥萨克的公选首领的故事》，看似赘笔，实则暗示：那个昂蒂内阿可能是“一个波兰醉鬼和马博夫区的一个妓女的私生女”。

七哲理。有没有一个深刻的哲理是优秀的通俗小说和普通的通俗小说的分界线，有，则使小说升华；没有，则只不过是讲一个艳情故事罢了。怀着九死一生、百折不回的激情追求“一种未被探察的、未被玷污的本质”，这就是《大西岛》的哲理。这激情，小说提供了形象化的说明：一只大飞虫从窗子飞了进来，他嗡嗡叫着，撞在涂泥的墙上，又反弹到回光灯的球形灯罩上，最后，被依然很高的烛火烧着了翅膀，跌在白纸上。这本质，小说概括为一种“神秘的爱情”：展示他们的爱情秘密的人应该感到羞耻。撒哈拉在昂蒂内阿周围布下了不可逾越的障碍，因此，这个女人的最复杂的苛求实际上比你的婚姻更腼腆、更贞洁……其实，爱情、故乡之情、对于知识的追求，不都需要一种激情吗?

八故事。加缪说，故事是一个小说读者的永恒需要。博努瓦作为一个小说家，其最主要的才能，就是善于编故事，所谓“善于编故事”，就是故事要编得好，还要讲得好。《大西岛》的故事编得好，好在两个探险的军官，一个冷静而笃于友谊，为了学问的探求拒绝了女王的爱情；一个浪漫而稍显鲁莽，女王的爱情使他丧失了理智而杀了同伴。出乎意料的是，冒死逃出恐怖之国的德·圣亚威中尉却在六年之后又走上了不归路。《大西岛》的故事讲得好，好在一个爱情故事在到达高潮的时候戛然而止，却把笔墨用在达到高潮之前的过程上。塞格海尔-本-塞伊赫、勒麦日先生、卡西米尔伯爵、塔尼-杰尔佳，还有费里埃中尉，这些人的言论和行动无不投向一个方向，即昂蒂内阿的爱情，一种裹着温柔的外衣的“复仇”。氛围、风景、历史、人物、心理、典故、哲理，协力支撑着一个惊心动魄的故事，而这个故事从小说开篇一封卷首的信即牢牢地抓住了读者，使之不能不跟着它的线索亦步亦趋，结尾则与之遥相呼应，大有“篇终接混茫”的意思。

凡此八端，造就了《大西岛》的魅力。小说发表之初，著名评论家保尔·苏代颇不以为然，说它“只不过是一部冒险小说而已”。但是，作为冒险小说，《大西岛》

与一般的冒险小说是不同的。小说的叙述弥漫着一种诗意，使它具有诡奇壮丽而疏朗劲健的美感。它于当年获得法兰西学士院小说大奖，看来是实至名归。

郭宏安

2003年5月于北京

献给安德烈·絮阿莱斯[1]

在开始之前，我应该首先告诉你们，听到我用希腊的名字称呼野蛮人，你们不要感到惊讶。

——柏拉图《克里提阿斯》

① 法国作家（1868—1948）。（文中凡未特别标明的注，均为译者所加。）

卷首的信[①]

当此信所附的手稿得见天日之时，我肯定已经不在人世了。我为披露这份手稿规定了期限，这就是一个相当可靠的保证。

我要求披露这份手稿，世人请不要误解我的意图。如果我说我对这份狂热的手记没有任何作者的虚荣心，世人可以相信我。我已经远离了这些东西！然而，如果别人再踏上这条我一去不返的道路，那的确是没有益处的。

凌晨四点钟。很快，晨曦将使石漠燃起玫瑰色的大火。在我周围，堡[②]还在沉睡。通过半掩着的门，我听见安德烈·德·圣亚威的呼吸是那样平稳。

两天之后，我和他就要出发了。我们离开堡，向南深入到那边去。部里的命令是昨天早晨到的。

现在，即便我想后退，也已经晚了。这次考察是我和安德烈要求的。我请求和他一道去，现在已经成了命令。我们一级一级地请求，还曾托部里有势力的人物帮忙，到头来竟害怕了，在任务面前表示不满！……

---

① 1903年11月10日，第三骑兵队的费里埃中尉在出发去阿杰尔的图阿雷格人居住的塔西里高原（撒哈拉中部）之时，将此信及一份特别封好的手稿交给夏特兰中士长。中士长受嘱须在第一次休假时将其转交费里埃中尉最近的亲属、里奥姆法院名誉推事拉鲁先生。这份手稿当于十年后公之于众，但是，这位推事在此之前突然亡故，故手稿延宕至今方始问世。——原注

② 北非的一种建筑，可用作住房、客店或堡垒。

害怕，我是这么说的。我知道我不怕。在古拉拉[①]，有一天夜里，我发现我的两个哨兵被杀死，肚子上留下了柏柏尔人[②]的可恶的十字形刀口，我害怕了。我知道什么叫害怕。现在，当我凝视着一轮巨大的红日即将从中喷薄而出的一片黑暗时，我知道我的发抖绝不是出于害怕。我感到，神秘所具有的不可抗拒的恐怖和它的吸引力在我的内心中互相斗争着。

这也许是酒意，也许是发热的头脑和在海市蜃楼面前发狂的眼睛的幻象。肯定有一天，我会带着一种不舒服的怜悯的微笑——五十岁的人重读回信时的那种微笑——重读这些篇章的。

酒意，幻象。但是，这些酒意，这些幻象，对我是珍贵的。部里的电文说："德·圣亚威上尉和费里埃中尉将致力于搞清楚塔西里高原上白垩纪砂岩和石炭纪石灰岩之间的地层关系……如有可能，他们亦将了解阿杰尔人[③]对我们的影响的态度有何变化……"如果此行最终只是为了这等区区小事，我觉得我是不会动身的……

因此，我盼望着我所害怕的东西。如果我的面前没有那让我奇怪地颤抖的东西，我会大失所望的。

在韦德米亚[④]山谷的深处，有一只豺在嗥叫。一缕银色的月光不时地穿透热得膨胀的云彩，它却以为是太阳出

---

① 撒哈拉大沙漠中的一个绿洲群。

② 北非的一个民族，多居住在阿尔及利亚和突尼斯一带。

③ 居住在霍加尔高原的图阿雷格人，属柏柏尔人的一支。

④ 阿尔及利亚南部地方。

来了。棕榈林中，一只斑鸠在咕咕地叫。

外面一阵脚步声。我俯身在窗台上，一个裹着乌黑发亮的衣服的黑影从堡垒的土夯平台上飘然而过。令人激动的黑夜中划过一道闪光，那人点燃了一支香烟。他朝南蹲着，在吸烟。

那是塞格海尔-本-谢伊赫，我们的图阿雷格族向导，三天之后，他将带我们穿越黑色的石漠，穿越巨大的干河谷，穿越银色的盐田，穿越浅黄色的风化残丘和每当信风吹起就笼罩着缕缕颤动着的白沙的暗金色沙丘，向着神秘的伊莫沙奥奇[①]的陌生高原进发。

塞格海尔-本-谢伊赫！就是他。我想起了杜维里埃[②]的那句悲惨的话："上校蹬上马镫，就在这时，挨了一刀……"塞格海尔-本-谢伊赫！他就在那儿。他平静地吸着烟，香烟是我给他的……我的上帝！原谅我的不忠吧。

回光灯的黄色光亮映照在信纸上。命运真是奇怪，不知为什么，竟在我十六岁的时候决定了我进入圣西尔军校，成为安德烈·德·圣亚威的同学。我本来可以学法律、学医。这样，我今天就会是一个无忧无虑的人，生活在有教堂和活水的城市里，而不是这个凭窗凝视，身着棉布衣，怀着不可名状的焦虑，将要被眼前的沙漠吞噬的幽灵。

一只大飞虫从窗子飞了进来，它嗡嗡叫着，撞在涂泥的墙上，又反弹到回光灯的球形灯罩上，最后，被依然很高的烛火烧着了翅膀，跌在白纸上。

---

① 指撒哈拉中部的霍加尔高原。

② 法国探险家（1840—1892），著有《北方图阿雷格人》。

这是一只非洲金龟子，又大又黑，带有灰白色的斑点。

我想到了它的法国兄弟，金褐色的金龟子。在夏天风狂雨骤的夜晚，我看见它们像小子弹一样扑到我家乡的土地上。儿时，我在那里度过假期，后来，我仍在那里休假。在我最后一次休假时，在同一片草地上，我身边走着一个白色的倩影，夜晚的空气多么清新，她披了一方细薄的披巾。而现在，我想起了这段往事，只是抬眼朝房间的一个阴暗角落里的秃墙上淡淡地望了一望，那上面有一个模模糊糊的相框闪闪发亮。我明白，那可能使我觉得应该成为我整个生命的东西已经失去了它的重要性。这令人哀叹的神秘从此对我毫无意义。如果罗拉[①]的流浪歌者来到我的堡的窗下哼唱他们著名的思乡曲，我知道我不会听到，如果他们纠缠不已，我会赶他们走的。

是什么东西足以使我产生这种变化？一段历史，也许是一段故事，而且还是出自一个背负着最可怕的嫌疑的人之口。

塞格海尔-本-谢伊赫抽完了烟。我听见他慢慢地回到了他的席子上，在B楼，在哨所左边不远的地方。

我们应该11月10日出发，附于信后的手稿开始写于11月1日，完成于11月5日。

第三骑兵队中尉奥里维·费里埃

1903年11月8日于哈西-伊尼费尔

① 法国诗人缪塞（1810—1857）的长诗《罗拉》中的主人公。

第一章　南部的一座哨所

1903年6月6日，星期六，有两件重要性不同的事情打破了哈西—伊尼费尔哨所生活的单调：一件是赛西尔·德·C小姐的信，一件是法兰西共和国的最近几期《公报》。

“中尉允许吗？”夏特兰中士长一边说，一边开始浏览他撕去封套的那几期《公报》。

我在埋头阅读德·C小姐的来信，只是点了点头。

这位可爱的姑娘写得很简单：“当这封信到了的时候，妈妈和我肯定已离开巴黎到乡下去了。我同您一样感到无聊，身处穷乡僻壤的您可以高兴地把这当作一种安慰。大奖已经发过。我按您的指点赌了那匹马，我当然是输了。前两天，我们到马夏尔·德·拉杜什家去吃晚饭了。还有埃利亚·夏特里昂，他总是年轻得令人惊讶。我给您寄去的他最近的一本书，颇引起了一点轰动。看起来马夏尔·德·拉杜什一家人被描绘得惟妙惟肖。同时寄去布尔热[①]、洛蒂[②]和法朗士[③]的近作，外加两三张歌舞咖啡馆中流行的音乐唱片。在政治方面，据说实施有关宗教团体的法律遇到了真正的困难。戏剧方面没有什么真正的

① 法国小说家（1852—1935）。

② 法国小说家（1850—1923）。

③ 法国作家（1844—1924）。

新东西。我订了整整一个夏季的《画报》。如果您有兴致……在乡下，无所事事，总是和一帮笨蛋打网球，真没什么可值得经常给您写的。别跟我谈您对小孔博马尔的看法吧。我不是那种不值钱的女权主义者，我对说我漂亮的人，特别对您，还怀有相当的信任。您和您的乌利德-纳伊尔人[①]肯定很随便；我很生气，我想如果我和庄园里的一个小伙子哪怕随便一点……算了，不说这个了。有些无中生有的事太令人不快了。"

我正读到这位放纵的姑娘的信中这一段时，中士长愤怒地叫了起来，我抬起了头。

"我的中尉！"

"怎么了？"

"好哇！部里真能开玩笑。您还是看看吧。"他递给我《公报》，我读道："根据1903年5月1日的决定，编外军官德·圣亚威上尉被调往第三骑兵队，任哈西-伊尼费尔哨所指挥官。"

夏特兰的情绪越来越恶劣："德·圣亚威上尉，哨所指挥官！这个哨所一向是无可指责的！人家把我们当成垃圾场了！"

我跟中士长一样感到惊讶。但这时，我看见了被惩罚的、正在抄写的士兵古吕的不愉快的瘦脸，他停止了抄写，居心叵测地听着。

"中士长，德·圣亚威是我的同期同学。"我冷冰冰地说。

① 居住在撒哈拉北部山区的游牧或半游牧部族。

夏特兰弯弯腰，走出门去，我跟了出去。

“算了，伙计，”我拍着他的肩膀说，“别不高兴啦。一小时之后咱们还要去绿洲呢。准备弹药去吧。真得改善改善伙食了。”

我回到办公室，手一挥把古吕打发走了。屋里只剩下我一个人了，我匆匆读完德·C小姐的信，又拿起那份《公报》，把那个任命哨所新首长的部里的决定重新读了一遍。

我代理哨所指挥官已经五个月了，说真的，我胜任愉快，而且非常喜欢这种独立性。不是自吹，我甚至可以说，在我的领导下，工作进行得比德·圣亚威的前任迪厄里沃尔上尉在的时候还要好。这位迪厄里沃尔上尉是个正直的人，老派的殖民军人，在多兹[①]和迪歇纳[②]的部队里当过士官，可是染上了对烈性饮料的强烈嗜好，而且喝了酒之后，往往把各种方言土语搅在一起，有一次，他竟用撒哈拉语审问一个豪萨人[③]。一天早晨，他在调苦艾酒，身旁的夏特兰中士长两眼盯着上尉的杯子，他惊奇地看到，加了比平日多的水之后，那绿色的液体渐渐变白。他抬起头，感到事情不妙。迪厄里沃尔上尉直挺挺地坐着，水瓶在他手中倾斜着，水滴在糖上。他死了。

自从这和善的酒鬼去世之后，整整五个月，上边似乎对替换并不感兴趣。我甚至一度存着希望，一个决定下

---

① 法国军人（1842—1922）。

② 法国军人。

③ 东非黑人，主要居住在尼日尔河一带。

来，使我事实上履行的职务合法化……而今天，这突然的任命……

德·圣亚威上尉……在圣西尔军校，他与我是同期的，后来我们就一直未见面。引起我注意的是他晋升很快，获得勋章，这是对他在提贝斯蒂和阿伊尔[①]两地进行的三次极其大胆的探险所给予的名副其实的奖赏；然而，他的第四次探险，那场神秘的惨剧发生了，就是与莫朗日上尉共同进行的那次著名考察，结果只有一个人生还。在法国，一切都被遗忘得很快。足足有六年过去了。我从此再未听到过有人谈起圣亚威，我甚至认为他已离开军队，而现在，他却成了我的首长。

“算了，”我想，“不是他就是别人！……在军校时，他很可爱，我们的关系一直极好。再说，要升上尉，我的年头还不够。”

于是，我吹着口哨走出了办公室。

现在，夏特兰和我，在贫瘠的绿洲中央的水塘附近，躲在一丛细茎针茅后面，把枪放在地上，地面已经不那么热了。落日染红了一条条小水道里的死水，这里定居的黑人就靠这些水来灌溉长得稀稀拉拉的庄稼。

一路上谁也不曾说话，隐蔽的时候，也是一句话也没有。夏特兰显然还在赌气。

沉默中，我们打落了几只斑鸠，这些可怜的斑鸠拖着被白天的炎热烤得疲惫不堪的小翅膀来到这里，喝那种混浊得发绿的水解渴。当五六只血迹斑斑的小身体摆在我们

① 撒哈拉南部的两个地方。

脚前的时候，我拍了拍中士长的肩膀：

“夏特兰！”

他抖了一下。

“夏特兰，我刚才对您很粗暴。别怪我吧。午睡之前心情烦躁，中午时心情烦躁。”

“中尉是主人。”他本想拿出一种粗暴的口吻，实际上却用一种激动的口气说。

“夏特兰，别怪我……您有话要对我说。您知道我指的是什么。”

“我真看不出来。不，我看不出来。”

“夏特兰，夏特兰，咱们说正经的吧。跟我谈谈德·圣亚威上尉。”

“我什么也不知道。”他生硬地说。

“什么也不知道？那么，刚才说的那些话呢？……”

“德·圣亚威上尉是个勇敢的人，”他轻声说，固执地低着头，“他单独一个人去比尔玛[①]，去阿伊尔，独自一个人去那些谁也没去过的地方。他是个勇敢的人。”

“他是个勇敢的人，这没有疑问，”我极其温和地说，“但是他杀害了他的同伴莫朗日上尉，是不是？”

老中士长发抖了。

“他是个勇敢的人。”他死咬着这句话。

“夏特兰，您真是个孩子。您害怕我把您的话报告给新来的上尉吧？”

我击中了他的痛处，他跳了起来。

---

① 撒哈拉大沙漠南部的地方。

“夏特兰中士长谁也不怕，我的中尉。他去过阿波美[①]，打过阿玛宗人[②]，在那个地方，每个灌木丛后面都会伸出一只黑胳膊，抓住您的腿，而另一只胳膊，则用大刀一下子砍下去，像子弹一样猛。”

“那么，大家说的，您自己……”

“那一切都是说说而已。”

“说说而已，夏特兰，可法国到处都在说呀。”

他不回答，把头低得更低了。

“固执得像头驴，”我生气了，“你说呀！”

“我的中尉，我的中尉，”他哀求道，“我发誓我知道或不知道……”

“你知道什么，就对我说，马上说，否则，除了公务，我一个月不跟你说话，我说话算话。”

在哈西-伊尼费尔，有三十名土籍士兵，四个法国人——我、中士长、一个下士和古吕。这个威胁很可怕，果然有效。

“那好吧！中尉，”他说，重重地叹了口气，“但是，您事后不要责备我对您讲了一位首长的一些不能说的事，特别是这些事的根据只是军官食堂里的闲话。”

“说吧。”

“那是在1899年。我在斯法克斯[③]第四骑兵队当司务下士。我干得不错，而且还不喝酒，上尉营长助理让我给

① 达荷美中部城市，曾激烈抵抗法国的入侵。

② 传说中的部落，其女子骁勇善战。

③ 突尼斯东部城市和港口。

军官做饭。这的确是一桩美差。跑市场，管账，给借出的图书（不太多）登记，还有掌管酒柜的钥匙，因为勤务兵是靠不住的。上校是个光棍，也在食堂用饭。有一天晚上，他来晚了，有点发愁的样子。坐下后，他要求大家安静。

“他说：‘先生们，我有一件事要告诉你们，并征求你们的意见。事情是这样，那不勒斯城号明天早晨到。德·圣亚威上尉在船上，他刚被调到费里亚那，前去赴任。’

“上校停了停，‘好哇，’我寻思，‘该弄明天的菜了。’中尉，您知道这是自在非洲有军官团体以来所遵循的习惯。当一个军官路过时，他的同事就乘船去接他，在逗留期间请他吃饭，他用国内的新闻来回报。这一天，哪怕是为了一个普通的中尉，也要把事情弄得好好的。在斯法克斯，一位军官路过就意味着：多加一个菜，酒随便喝，还有最好的白兰地。

“而这一次，我从军官们互相交换的眼色中明白了，也许陈年的白兰地要待在酒柜里了。

“‘先生们，我想你们都听说过德·圣亚威上尉，听说过一些有关他的流言。我们不必去判断这些流言的真伪，而他的晋升，他的勋章，甚至可以使我们希望这些流言毫无根据。但是，不怀疑一个军官犯有杀人罪和请一位同事吃饭，这两者之间是有距离的，我们并不是非越过不可。在这一点上，我很乐意听听你们的意见。’

“军官们不说话，互相望着，所有的人，包括那些最爱笑的年轻少尉们，都突然变得严肃起来。我在一个角落里，知道他们已经忘了我，就尽可能地不弄出一点声音，免得让他们意识到我在场。

“‘上校，我们感谢您愿意征求我们的意见，’最后有一位少校说，‘我想，我的所有的同事都知道您指的是那些可悲的流言。我之所以能够说话，是因为在巴黎，在我先前待过的军事地理局，许多军官，许多最优秀的军官，关于这段悲惨的历史都有一种看法，他们都避而不谈，但是人们感到这种看法对德·圣亚威上尉是很不利的。’

“‘进行莫朗日—圣亚威考察的那个时候，我正在巴马科。’一位上尉说，‘那边军官们的看法与刚才少校所谈的看法很少有差别。但是，我要补充的是，大家都承认只是有怀疑。而当人们考虑到事情的残忍性时，仅有怀疑确实是不够的。’

“‘但是，为我们的回避提供理由，这却是足够的，’上校反驳道，‘问题不在于作出判断，在我们的桌上吃饭并不是一种权利，这是表示一种友好的敬意。归根结底是要知道你们是否认为应该给予他这种表示。’

“说完，他一个一个地看了看军官们。他们依次摇了摇头。

“‘看来我们的意见是一致的，’他说，‘不幸的是，我们的任务到此并未完成。那不勒斯城号明天早晨进港，接运旅客的小艇八点钟出港。先生们，你们当中应该有一位到船上去效忠。德·圣亚威上尉可能想到这里来。如果他遵循传统的习惯来到这里，却又吃了闭门羹，我们无意让他蒙受这种屈辱，应该阻止他，应该让他明白还是

待在船上为妙。’

“上校又看了看他的军官们，他们只能表示赞同，但是，看得出来，他们是多么不自在呀！

“‘我并不指望在你们中间发现一个志愿者去完成这样的任务。我不得不临时指定一位。格朗让上尉，德·圣亚威先生是上尉。一位同级的军官去向他传达我们的意思，这才合适。再说，您又是资历最浅的，因此，我只能找您去解决这个难题。您要尽量做得委婉，这是不必说的。’

“格朗让上尉弯了弯腰，其他人都长出了一口气。上校在的时候，他一直待在一旁不说话，直到上校走了，他才说了一句：‘有些事情对于晋升该是有用的。’

“第二天吃午饭的时候，大家都在焦急地等待着他的归来。

“‘怎么样？’上校劈头问道。

“格朗让上尉没有立即回答。他在桌旁坐下，他的同事们正在调制开胃饮料，而他，这个大家都嘲笑他不喝酒的人，却不等糖完全溶化就几乎一气喝了一大杯苦艾酒。

“‘怎么样，上尉？’上校又问。

“‘上校，万事大吉。您可以放心，他不上岸。可是天哪，真是一桩苦差！’

“军官们都不敢吭声，他们的目光中流露出急切的好奇心。

“格朗让上尉又喝了一口水。

“事情是这样的，我在路上，在小艇里，把要说的话准备得好好的。上舷梯的时候，我觉得一切都飞到九霄云外去了。圣亚威在吸烟室里，跟船长在一起。我觉得我没有能力把事情说给他听，特别是我看到他准备下船。他穿着值日军服，军刀放在椅子上，靴子上有马刺。在船上是不带马刺的。我通报了姓名，我们说了几句话，我大概是很不自然，因为从一开始，我就明白他已猜出来了。他找了个借口告别了船长，带我到后面去，离船舵的大轮不远。在那儿，我才敢说，我的上校，我说了些什么呀？我结巴得可真够厉害的！他不看我，两肘支在舷墙上，两眼茫然地望着远处微笑着。正当我越解释越尴尬的时候，突然，他冷冷地凝视着我，说：

“‘“亲爱的同事，我感谢您这样不怕麻烦。不过，说真的，本来是不必如此的。我累了，无意下船。但我至少还是很高兴认识您。既然我不能享受您的款待，那么在小艇还靠着大船的时候，请赏光接受我的招待吧。”’

“‘于是，我们又回到吸烟室。他亲自调鸡尾酒。他跟我说话。我们谈到了一些共同的朋友。我永远也不会忘记那张面孔，那嘲讽而茫然的目光，那忧郁而温和的声音。啊！上校，先生们，我不知道人们在地理局或苏丹的哨所里说了些什么……但那只能是可怕的误解。这样一个人，犯了这样的罪行，请相信我，这不可能。’”

“就这些，中尉，”夏特兰沉默了片刻，结束道，“我从来没有见过比这更令人难受的一顿饭。军官们匆匆吃完饭，不说话，都似乎感到不自在，却没有人试图顶住。但是，在一片沉默中，人们却看到，他们的船在那边，在四公里外的海面上，在微风中颠簸着。

“他们吃晚饭的时候船还在，当汽笛响了，从黑红

两色的烟囱中冒出缭绕的浓烟，宣告船要开往加贝斯的时候，闲谈才又开始，却不像往日那样快活了。

“从此，中尉，在斯法克斯的军官中间，人们像逃避瘟疫一样地回避任何可能涉及德·圣亚威上尉的话题。”

夏特兰说话的声音相当低，绿洲里的小生灵们没有听见他的奇异的故事。一个小时之前，我们就放完了最后一枪。在池塘周围，斑鸠们放下心来，抖动着身子。神秘的大鸟在发暗的棕榈树下飞翔。风也不那么热了，轻拂着棕榈的枝叶，发出了飒飒的响声。我们把帽子放在身旁，让两鬓接受微风的抚摸。

“夏特兰，”我说，“我们该回堡了。”

我们慢慢地拾起打下的斑鸠。我感到士官的目光盯着我，这目光中包含着责备，好像后悔讲了那一切。归途中，我找不到一句话来打破这令人难过的沉默。

我们回到堡的时候，天已差不多黑了。人们还看得见哨所上空的旗子垂在旗杆上，却已分辨不出颜色了。西方，太阳落在起伏的沙丘后面，天空一片紫黑。

我们一进堡垒的大门，夏特兰就与我分手了。

“我去马厩。”他说。

我一个人回到要塞区，那里有欧洲人的住房和仓库。我紧蹙着额头，显出一种无名的忧郁。

我想到了法国驻军的那些同事们，这个时候，他们该回住处了，晚礼服放在床上，有肋形胸饰的上衣佩着闪闪发亮的肩章。

“明天，”我想，“我要打报告要求调动。”

用土夯实的台阶已经发黑了。可是当我走进办公室的时候，却还有微弱的光亮在闪动着。

一个人俯在我的桌上，面前一堆日志。他背朝着我，没听见我进去。

“好了，古吕，小伙子，我请您别拘束，就像在您自己那儿一样吧。”

那人站了起来，我看见他相当高大、敏捷，脸色苍白。

“费里埃中尉，是吧？”

他朝我走来，伸出了手。

“德·圣亚威上尉。亲爱的同事，我很高兴。”

就在这时，夏特兰出现在门口。

“中士长，”这位新来的人冷冷地说，“就我所见的一点点来说，我实在不能恭维您。没有一副骆驼鞍上不缺环扣，勒贝尔式步枪的枪托底板的状况让人以为在哈西-伊尼费尔一年要下三百天雨。还有，下午您到哪里去了？哨所有四个法国人，可我到的时候，我只看见一个受罚的士兵坐在桌前对着一小瓶烧酒。这一切将要变一变，不是吗？出去。”

“上尉，”我说，声音都变了，而吓呆了的夏特兰还立正站着，“我要对您说，中士长跟我在一起，他离开岗位是我的责任，他是个各方面都无可指责的士官，如果我们事先知道您来的话……”

“当然，”他说，带着一种冷嘲的微笑，“还有您，中尉，我无意让他为您的疏忽负责。尽人皆知，一个军官丢下哈西-伊尼费尔这样的哨所，哪怕只有两个小时，当他回来的时候，很可能已经没有什么东西了。亲爱的同

事，沙昂巴人的抢掠者很喜欢火器，为了把您枪架上的六十支枪据为己有，我确信他们会无所顾忌地利用一位军官的擅离职守，这很可能把他送上军事法庭，而我知道这位军官一向成绩甚佳。请您跟我来，我们去做完这次小小的检查，我刚才看得太匆忙了。”

他已经上了台阶。我跟上他，没有说话，夏特兰跟在后面。我听见他小声说了一句，那不高兴的口气好像是：

“嘿，真的，这儿该有好看的了。”

第二章　德·圣亚威上尉

不多几天之后，我们就相信，夏特兰对于和新首长的关系所怀的恐惧是没有根据的。我常想，圣亚威初见我们时之所以采取那样粗暴的态度，是想要压倒我们，向我们证明他知道如何高昂着头承受那段历史的沉重包袱……不管怎么说，他第二天就显得不大一样，甚至还就哨所的整洁和人员的训练表扬了中士长。对于我，他是极好的。

“我们是同期毕业的，是不是？”他对我说，“你对我尽可以以‘你’相称，这用不着我允许，这是权利。”

这种信任的表示毫无意义，可惜！这是彼此间开诚布公的虚假表现。表面上看来，还有什么比广袤无垠的撒哈拉——它向所有愿意淹没其中的人敞开着——更容易接近呢？然而又还有什么比它更闭塞的呢？经过六个月的共同生活之后，一个南部哨所所能给予的共同生活，我自问，我最离奇的冒险是否是和一个人一起向深不可测的偏僻地方进发。毫无疑问，这个人对我如同那偏僻地方一样陌生，而他却成功地让我向往着那里。

这个奇怪的同伴首先让我惊讶的，是他带来的行李。

当他从瓦格拉[①]独自一人猝然而至的时候，他骑了一峰纯种单峰驼，他只让这敏感的牲口驮了不至于使它降格的东西：军刀、制式手枪，再加一支火力很猛的卡宾枪；

① 撒哈拉大沙漠北部的一个绿洲。

还有其他极少一些东西。半个月后，其余的东西才随给养车一起到达。

三只容量可观的箱子被抬进了上尉的房间，抬箱子的人的面部表情足以说明箱子的重量。

出于谨慎，我没有帮圣亚威整理，而是拆阅车队带给我的信件。

不一会儿，他来到办公室，看了一眼我刚收到的几本杂志。

同时，他浏览了最近一期的*Zeitschrift der Gesellschaft für Erdkunde in Berlin*[①]。

“瞧，你收到这东西？”他说。

“是的，”我答道，“那些先生很想知道我对于韦德米亚和上伊加尔加尔的地质的研究。”

“这对我可能有用。”他轻声道，一边继续翻着。

“你随便看好了。”

“谢谢，恐怕我没什么给你的，也许普林尼[②]的著作除外。还有……你肯定跟我一样了解根据朱巴王的引述，他对伊加尔加尔都说了些什么。你还是来帮我整理整理吧，你看看有什么适合你的。”

我二话没说，就接受了。

我们首先把各种气象和天文仪器拿出来。波丹式、萨勒龙式、法斯特雷式温度计，无液气压计，福坦式气压

① 德文：《柏林地学学会杂志》。

② 本章中以下所出现的人名，多为著名的古代学者，不详注。

计，各式的计时器，六分仪，天文望远镜，带望远镜的罗盘……总之，是杜维里埃所称最简单、骆驼最容易驮的一套器材。

圣亚威把仪器递给我，我随后将这些仪器放在房间里唯一的一张桌子上。

“现在，”他宣布道，“就剩下书了。我递给你，你就堆在角落里，等着他们给我做书架。”

整整两个钟头，我帮他堆起了一个真正的图书馆。那是怎样的图书馆啊！是一个南部哨所永远不会见到的图书馆。

所有的书都沿这间堡屋的四堵泥墙放着，书名不同，内容都是古代有关撒哈拉地区的。当然有希罗多德和普林尼的，还有斯特拉波、托勒密和阿米安·马塞兰的。这些名字倒并不生疏，但是，我还看到了其他一些名字：克里普斯、保尔·奥罗兹、埃拉托斯代纳、弗提乌斯、狄奥多、索兰、狄翁·卡修斯、伊奇多、马丹、埃提古斯、阿太内……Scriptores Historiœ Augustde[①]，Itinerarium Antonini Augusti[②]，利厄兹的*Geographi latini minores*[③]，卡尔·穆勒的*Geographi grœci minores*[④]……后来，我有机会熟悉阿加塔尔希德和阿尔太米奥多的著作，但当时他们的论文出现在一个骑兵上尉的箱子里，却使我感到有些激动。

---

① 拉丁文：奥古斯都时代的历史学家。

② 拉丁文：安东尼尼·奥古斯特的行进路线。

③ 拉丁文：《小拉丁区地理》。

④ 拉丁文：《小希腊地理》。

我注意到还有非洲人雷翁的*Descrittione dell'Africa*[①]，伊本-赫勒敦、阿尔-亚库、艾尔-贝克里、伊本-拔图塔、马哈麦德·艾尔-图恩西等人的阿拉伯史学著作……我记得，在这座巴别塔[②]中，还有当代法国学者的名字，而且还是贝里欧和希尔梅的拉丁文论文。

我一面尽量把这些开本不一的书籍摆放整齐，一面想：

"我原来就以为在他和莫朗日进行的探险中，他主要是负责科学方面的考察，或者是我的记忆力奇怪地欺骗了我，或者是他从那以后巧妙地改了行。可以肯定的是，在这一堆破烂中，没有我需要的东西。"

我脸上惊讶的表情太明显了，他大概是看出来了，因为他说，不过我认为那口气中有一种怀疑的意味：

"我选的这些书也许使你感到惊讶？"

"我无权说它们使我惊讶，"我顶了一句，"因为我并不了解你围绕着它们所进行的工作。无论如何，我认为可以万无一失地说，在一个阿拉伯局[③]的军官所拥有的图书中，人文科学从未得到过这样好的表现。"

他含含糊糊地笑了笑，那一天，我们的谈话没有深入下去。

---

① 意大利文：《非洲的描述》。

② 《圣经》中挪亚的子孙因语言分歧而未建成的通天塔，此处比喻多种语言的大杂烩。

③ 法国在阿尔及利亚处理与当地居民直接有关的问题的军事行政机关，权力极大。

在圣亚威的这些书籍中，我注意到一本很厚的手册，上面加了一把很结实的锁。有好几次，他正在往里面记东西时被我撞见了。

当他有什么事要离开房间时，他便小心翼翼地把手册放进一个行政部门发的白木盒子里。当他不写东西、公务又不是非由他做不可的时候，他就备好单峰驼，几分钟之后，走出堡的平台。我可以看见两个身影，大踏步地走过一道红色的褶皱地，消失在天际。

他出去的时间一次比一次长。每一次回来，他都有几分狂热，使我在吃饭时——这是我们真正在一起的唯一时刻——不安地望着他，这种不安日甚一日。

“不妙！”我心想。那一天，他的话比平时更加语无伦次。“待在一艘指挥官吸鸦片的潜艇上并不是一件快事。这一位的毒品能是什么呢？”

第二天，我朝我的同事的抽屉里匆匆看了一眼。我认为我有权进行检查，这次检查使我暂时放了心。我想：“至少，他总不能把管子和注射器带在身上吧。”

那个时候，我还可以设想，安德烈的幻觉需要人造的刺激物。

仔细地观察使我醒悟过来，在那一方面，并无任何可疑之处，况且，他几乎不喝酒，不抽烟。

然而，他那令人不安的狂热越来越厉害，却是无法否认的。他每次出游回来，眼睛都变得更加明亮，他更苍白、话更多、更容易发火了。

一天晚上，在六点钟炎热已退的时候，他离开了哨所。我们等了他一夜。尤其是近来商队说哨所附近有一群

群的人在游荡，我就更加感到焦虑了。

黎明时分，他还没有回来。快到中午了他才回来。他的骆驼不是慢慢跪下的，简直是跌在地上了。

他第一眼就看见了我准备带队伍去迎他，人和牲口已经集合在棱堡之间的院子里了。

他明白得道歉，但他等着午饭时我们俩单独在一起的时候再说。

“让你们担心了，我很难过。可月光下的沙丘是那么美！……我信步走了很远……”

“亲爱的，我没什么可责备你的。你是自由的，你是这里的首长。但是，请允许我提醒你，你要注意沙昂巴抢掠者以及一个哨所指挥官过久地离开岗位所产生的麻烦。”

他微微一笑，只是说：“我不讨厌人有记性。”

他的心情很好，简直是太好了。

“别怪我。我和平时一样，出去转一小圈。后来，月亮升起来了，这时，我认出了那片风景。正是从那儿，到十一月就二十三年了，弗拉泰尔斯[①]满怀激情地走向他的命运，他确信自己不再回来了，那股激情反而变得更巨大、更有刺激性了。”

“对一个探险队的头头来说，这可真是一种古怪的精神状态。”我轻轻地说。

“别说弗拉泰尔斯的坏话。没有人像他那样爱沙

① 法国军官、探险家（1832—1881），在撒哈拉被图阿雷格人杀死。

漠……爱到要死的程度。”

“帕拉和杜尔，还有其他许多人，也这样爱沙漠。”我反驳道，“但他们是孤身探险，他们只对自己的生命负责，他们是自由的。弗拉泰尔斯，他却肩负着六十条生命。你不能否认是他使探险队的人被杀害了。”

我一说出这最后一句话便后悔了。我想到了夏特兰讲的故事，想到了斯法克斯的军官们像逃避瘟疫一样地回避任何可能使人联想到莫朗日—圣亚威考察队的话题。

幸好，我看到我的同事没有听我说话，他明亮的眼睛望着别处。

“你开始是在什么地方？”他突然问道。

“奥克索纳[①]。”

他嘿嘿笑了两声。

“奥克索纳，金海岸，第戎区，六千居民，巴黎—里昂—地中海铁路，士官学校和详细检查。骑兵队长的夫人星期四会客，上尉营长助理的夫人星期六会客。星期天休假：每月的第一个星期天在巴黎，其余三个在第戎。这我就明白你为什么对弗拉泰尔斯有那样的评判了。

“而我，亲爱的，我开始是在博加尔[②]。十月的一个早晨，我在那儿下了船，非洲第一营的二十岁的少尉，黑色的衣袖上镶着白色的条纹……‘阳光下的肠子’。苦役犯们这样说他们的军官的标志。博加尔！……两天之前，在轮船的甲板上，我就开始看到非洲的土地了。我可怜那

---

① 法国城市。

② 阿尔及利亚北部城市。

些人，他们第一次看到白色的岩石的时候，只是想这片土地绵延几千里，而感觉不到心中猛然一震……我几乎还是个孩子，我有钱。我在步步上升。我本来可以在阿尔及尔玩三四天，可是我当天晚上就乘火车去贝鲁阿贾了。

“出阿尔及尔不到一百公里就没有铁路了。按直线走，要到卡普才能碰上铁路。由于炎热，驿车在夜里走。下坡的时候，我下了车，在一旁步行，竭力在这种新的气氛中，品味沙漠预先的亲吻。

“半夜时，到了朱阿夫营，那是一个设在填高的公路旁的小哨所，俯视着一条干谷，从那儿飘过来一股醉人的夹竹桃花香。人们在那里换车。那儿有一队受惩罚的士兵，由机枪手和辎重兵带到南部荒山上去。一些是阿尔及尔和杜埃拉监狱里的勤杂兵，穿军装，武器自然是没有的，另一些人穿便装，那是什么样的便装啊！他们是当年的新兵。

“他们出发得比我们早，后来驿车追上了他们。远远地，借着一片月光，我看见车队黑糊糊的、稀稀拉拉的一团走在发黄的路上。随后，我听见了一种低沉的旋律，那些悲惨的家伙正唱歌呢。一个人用忧郁的喉音唱着，声音在蓝色的山沟里回响，阴森可怖：

现在她长大了，
在马路上拉客，
跟着里夏尔-勒诺阿的
那一伙。

“其他人合唱出丑恶的副歌：

在巴士底，在巴士底，
大家都喜欢，都喜欢
狗皮尼尼。
她多可爱，多美丽，
在巴士底。

“当驿车超过他们时，我紧挨着他们过去了。他们很可怕，在肮脏的帽子下，脸是苍白的，刮得光光的，一双双眼睛射出阴沉的光来。烫人的灰尘把沙哑的声音闷在胸膛里。我被一阵可怕的忧郁攫住了。

“当驿车把这噩梦般的景象甩在后面时，我才平静下来。

“‘再远些，再远些。’我喊道，‘向南，直到那文明的丑恶的污泥浊水到不了的地方。’

“当我累了的时候，当我感到一阵烦恼想在我选择的道路上坐下来的时候，我就想到了贝鲁阿贾的受罚的士兵，于是，我就只想着再往前走了。

“当我到了那种地方，可怜的动物不想逃跑，因为它们从未见过人；当沙漠在我周围伸展开去，一望无际，旧世界可以崩溃，而没有一道沙丘的褶皱、一片白色天空中的云彩来告诉我，这是什么样的奖赏啊。”

“的确，”我轻轻地说，“我也是，有一次，在提

迪-凯尔特[①]的大沙漠中，我也有这种感觉。”

在此之前，我一直让他陶醉在自己的狂热中没有打断他。我说了这句不祥的话，却铸成了大错，当我明白过来的时候已经太晚了。

“啊！真的，在提迪-凯尔特？亲爱的，为了你好，如果你不想受人耻笑的话，我求你避免这种模糊的回忆。瞧，你让我想起了弗罗芒坦[②]或那位可怜的莫泊桑[③]，他谈论沙漠，因为他一直走到杰尔法，离巴博-亚宗路和政府广场有两天的路程，离歌剧院大街有四天的路程；而他因为在布-萨阿达[④]看见了一峰奄奄待毙的骆驼，竟以为是到了撒哈拉大沙漠，站到了古商道上……提迪-凯尔特，沙漠！”

“不过，我觉得艾因-萨拉赫[⑤]……”我说，有点恼火。

“艾因-萨拉赫，还是提迪-凯尔特？我可怜的朋友，上次我从那儿过，旧报纸和沙丁鱼罐头盒子跟星期天的凡尚森林[⑥]里的一样多。”

这样的不公正，这样明显地想惹我生气，使我忘了谨慎。

“当然了，”我尖刻地回答道，“我嘛，我是没有一直到……”

---

① 撒哈拉中部的石质高原。

② 法国画家、作家（1820—1876）。

③ 法国作家（1850—1893）。

④ 撒哈拉北部边缘小城。

⑤ 撒哈拉中部小城。

⑥ 巴黎郊区的一个小森林，休息地。

我住口了，可是已经太晚了。

他正面凝视着我。

“一直到哪儿？”他温和地问道。

我没有回答。

“一直到哪儿？”他又问了一句。

我死咬着牙不吭声。

“一直到塔尔希特干谷[1]，是不是？”

官方的报告说，莫朗日上尉被埋葬在北纬二十三度五分的地方，距提米萨奥[2]一百二十公里的塔尔希特干谷的东侧的陡坡上。

“安德烈，”我笨拙地喊道，“我发誓……”

“你发什么誓？”

“我从未想……”

“谈论塔尔希特干谷，为什么？是什么缘故人们不能在我面前谈论塔尔希特干谷？”

我的沉默中充满着恳求，他耸了耸肩。

“愚蠢。”他只淡淡地说了一句。

他走了，我甚至没想到要注意这个词。

然而，这样多的羞辱并没有把他的傲气打压下去。我第二天就得到了证明，他对我发脾气的方式属于最低劣之类。

我刚刚起床，他就闯进了我的房间。

“你能给我解释一下这是什么意思吗？”他问。

他手里拿着一本公务记事簿。他十分激动，开始一页

① 撒哈拉南部霍加尔高原上的一条干河。

② 撒哈拉南部高原。

一页地翻起来，希望发现什么借口，以便拿出一副不留情面地让人难堪的样子。

这一回，偶然性帮了他的大忙。

他打开记事簿，我看见里面有一张我很熟悉的、几乎变了颜色的照片，我的脸顿时通红。

“这是什么？”他不胜轻蔑地重复道。

我经常撞见他在我的房间里毫无善意地端详德·C小姐的肖像，这时我不能不确信他找我的岔子是居心不良的。

但是，我克制着，把那张可怜的小照片放进抽屉。

可他并不理睬我的镇静。

“今后，”他说，“我求你注意不要把自己的风流纪念品弄到公文里去。”

他又带着最侮辱人的微笑，补充道：

“不要向古吕提供挑逗性的东西。”

“安德烈，”我说，脸气得发白，“我命令你……”

他挺直了身子：

“什么？好吧，一笔交易。我让你谈论塔尔希特干谷了，是不是？我想，我完全有权利……”

“安德烈！”

这时，他含着嘲讽的微笑，望着墙上的肖像，我刚刚使其避免这场难堪的争吵的那张小照，正是肖像上所画之人。

“嗬，嗬，我求你，别生气。真的，说句心里话，你得承认她有点瘦。”

我还没来得及回击他，他已走了，一边哼着他前一天谈到的那段可耻的副歌：

在巴士底，在巴士底，
大家都喜欢，都喜欢
狗皮尼尼……

我们彼此三天没有说话。我的愤怒难以形容。难道他的不幸要由我来负责吗？随便两句话，其中一句总像是有点影射，这是我的错吗？

“这种局面不能容忍，”我想，“不能再继续下去了。”

果然，这种局面很快即告结束。

照片的事情过了一个星期，信件到了。我一看那份我说过的德文杂志的目录就大吃一惊。我看到：Reise und Entdeckungen zwei franzöisischer Offiziere，Rittmeisters Morhange und Oberleutnant de Saint-Avit，imwestlichen Sahara.①

同时，我听见了我的同事的声音。

“这一期有什么有意思的东西吗？”

“没有。”我随便应道。

“拿来看看。”

我服从了。我又能怎么样呢？

我觉得，他看目录的时候脸白了。但是，他以最自然的口吻对我说：

① 德文：“两个法国军官，莫朗日上尉和德·圣亚威中尉在西撒哈拉的探险。”

“你借给我了，是吗？”

他出去了，挑战似的瞥了我一眼。

那一天过得真慢，到了晚上，我才看见他。他很快活，非常快活，快活得让我难受。

我们吃完晚饭到了平台上，双肘支在栏杆上。从那儿望去，沙漠尽收眼底，东部已经笼罩在黑暗中了。

安德烈打破了沉默。

“啊！对了，我还你杂志。你说得对，一点有意思的东西也没有。”

他好像非常开心。

“你怎么了？你到底怎么了？”

“没怎么。”我回答说，嗓子眼发紧。

“没怎么？你要我说你怎么了吗？”

我以一种哀求的神气望着他。

他耸了耸肩。“愚蠢！”他大概是又重复了一句。

天黑得很快，只有韦德米亚的南侧陡坡还呈现出黄色。从乱石丛中突然蹿出一只小豺，凄厉地叫了一声。

“小豺无缘无故地哭，不是好事。”圣亚威说。

他又无情地说：

“怎么，你不想说？”

我费了很大的力气，才说出这么一句拙劣的话来：

“多累人的一天！什么样的夜啊，闷热，闷热吧？……人们感觉不到自己了。人们再也不知道……”

“是啊，”圣亚威的声音很远，“闷热的夜，闷热，你看，跟我杀了莫朗日上尉那个夜晚一样闷热。”

第三章 莫朗日—圣亚威考察队

安德烈·德·圣亚威很平静，根本不理睬我刚刚度过的那可怕的一夜。在同一时刻、同一地点，他对我说：

我杀了莫朗日上尉。我为什么要跟你说这个？我不知道，也许是因为沙漠吧。你是那种能够承受这次坦白的压力并在需要的时候愿意承担其后果的人吗？我也不知道，未来会回答的。目前，只有一件事是确实的，那就是——我重复一遍——我杀了莫朗日上尉。

我杀了他。既然你想让我明确是在什么场合杀的，那请你记住，我不会绞尽脑汁为你编一部小说，也不会遵循自然主义的传统，从我的第一条裤子的布料讲起，或像新天主教派那样，不，我小时候经常做忏悔，而且还很喜欢。我对于无谓的暴露毫无兴趣。我就从我认识莫朗日那时候讲起，你会发现这是很合适的。

首先，我要对你说，尽管这可能有损于我的内心平静和我的名誉，我并不后悔认识了他。总之，我杀害了他，表现出一种相当卑劣的背信弃义，而并不是什么同事关系不好的问题。多亏了他，多亏了他的有关岩洞铭文的学识，我的生活才可能比我的同代人在奥克索纳或别处所过的那种悲惨渺小的生活更有意思。

说过了这些，就来说事实吧。

我是在瓦格拉的阿拉伯局第一次听人说起莫朗日这个

姓氏的，那时我是中尉。我应该说，为了这件事，我发的脾气可是够好看的。那时候天下不大太平，摩洛哥苏丹的敌意潜伏着。在图瓦特[①]，这位君主支持我们的敌人的阴谋，对弗拉泰尔斯和弗莱斯卡利[②]的暗杀就是在这里策划的。这个图瓦特是阴谋、掠夺和背叛的大本营，同时也是无法控制的游牧者的食品供应地。阿尔及利亚的总督，提尔曼、康崩、拉费里埃，都要求占领它。国防部长们也心照不宣，有同样的看法……但是，议会行动不力，其原因在英国，在德国，特别在某个《公民权和人权宣言》，宣言规定：造反是最神圣的义务，哪怕造反者是砍我们脑袋的野蛮人。一句话，军事当局束手束脚，只能不声不响地增加南部的驻军，建立新的哨所：此地、贝尔索夫、哈西米亚、麦克马洪要塞、拉勒芒要塞、米里贝尔要塞……然而正如卡斯特里[③]所说：“用堡控制不了游牧者，掐住肚子才能控制他们。”所谓肚子，指的是图瓦特绿洲。应该使巴黎的诡辩家们相信夺取图瓦特绿洲的必要性。最好的办法是向他们展示一幅图画，忠实地反映那里正在策划着推翻我们的阴谋。

这些阴谋的主要策划者是活跃至今的塞努西教团[④]，其精神领袖在我们的武力面前被迫将团体的所在地迁至数千里之外，迁至提贝斯蒂省的希莫德鲁。有人想——我说“有人”是出于谦虚——在他们最喜欢采用的路线上发现

---

① 撒哈拉大沙漠中的一个绿洲群。

② 法国探险家。

③ 法国殖民军人。

④ 阿尔及利亚人穆罕默德·本·阿里·塞努西于1835年成立的伊斯兰教团体。

他们留下的踪迹：拉特、特马希南、阿杰莫平原和艾因-萨拉赫。你看得出来，至少从特马希南开始，这明显是杰拉尔·洛尔夫[①]1864年所走的路线。

我在阿加德斯和比尔玛进行过两次旅行，已经有了一些名气，在阿拉伯局的军官中，被看成是最了解塞努西教团问题的人之一。因此，他们要求我去完成这个新任务。

我指出，更有好处的是一举两得，顺路看看南霍加尔[②]，以便确信阿西塔朗的图阿雷格人与塞努西教团的关系是否一直像他们一致同意杀害弗拉泰尔斯考察团那个时候那样友好。他们立即认为我说得有理。我把最初的路线作了如下变更：到达特马希南以南六百公里的伊格拉谢姆之后，不是取拉特到艾因-萨拉赫那条路直接到达图瓦特绿洲，而应该从穆伊迪尔高原和霍加尔高原中间插过去，直奔西南到锡克-萨拉赫，然后北折，取道苏丹和阿加德斯，到达艾因-萨拉赫。这样，在约两千八百公里的旅程上又加上八百公里，但可以确保对我们的敌人——提贝斯蒂的塞努西教团和霍加尔的图阿雷格人，去图瓦特绿洲的路途进行一番尽可能全面的考察。路上——每个探险者都有他的业余爱好——我可以考察一下艾格雷高原的地质构成，这是个不坏的主意，杜维里埃和其他一些人谈到这个问题时，简略得令人绝望。

我从瓦格拉出发，一切准备就绪。所谓一切，其实没有什么，三峰单峰驼：一峰我骑；一峰我的同伴布-杰玛

① 德国探险家（1831—1896），曾横越撒哈拉大沙漠。

② 撒哈拉南部大高原。

骑，他是一个忠诚的沙昂巴人，我们一起去过阿伊尔高原，在我熟悉的地方，他并不充当向导，而是给骆驼装卸驮鞍的机器；还有一峰驮食物和装饮用水的羊皮袋。袋子都很小，因为停留处的水井足够了，我都细心地标了出来。

有些人进行这样的旅行，出发时带上一百名正规士兵，甚至大炮。我呢，我遵循杜尔和勒内·加耶一类人的传统：孤身前往。

正当我处于这种美妙的时刻，与文明世界只有一线相连的时候，部里的一封电报来到了瓦格拉。

电文十分简短："命令德·圣亚威中尉推迟行期，直至参加他的考察旅行的莫朗日上尉到达。"

我的心情不止于沮丧。这次旅行是我一个人的主意。你可以想象，为了让上面同意其原则，我克服了多少困难。到头来，正当我兴高采烈地准备在大沙漠中度过那形影相吊的漫长光阴的时候，他们却给我配上了一个陌生人，更有甚者，还是一位上级！

同事们的安慰更是火上浇油。

他们立即查了《年鉴》，情况如下：

> 让—马利—弗朗索瓦·莫朗日，1881届。具有证书。编外上尉（军事地理局）。

"这就明白了，"一个说，"人家给你派个人来，是为了让你火中取栗呀，你该倒霉了。有证书的！好事呀。知道不知道阿尔当·杜·比克[1]的理论，在这儿是一码事。”

“我不完全同意您的看法，”我们的少校说，“议会里的人知道——咳，总是有泄密的——圣亚威考察的真正目的是强迫他们同意占领图瓦特。这位莫朗日该是一个为军事委员会效劳的人。所有这些人，部长、议员、总督们，彼此互相监视。有朝一日，可以写一部法国殖民扩张的不寻常的绝妙历史。法国的殖民扩张，如果不是迫使政府，那就总是背着政府来进行的。”

“无论如何，结果是一样的，”我伤心地说，“我们将是去南方的路上互相监视的两个法国人。前景美妙啊，而为了挫败土著的阴谋诡计提高警惕还顾不过来呢。这位先生什么时候到？”

“无疑是后天。一个车队到了加尔达亚。他大概不会错过的。一切都使人相信，他大概不善于只身旅行。”

果然，莫朗日上尉随加尔达亚的车队于第三天到达。他第一个求见的就是我。

我一看见车队来了，就不失尊严地回到房中。当他进入我的房间时，我感到一阵令人不快的惊讶，我发现，要长久地迁怒于他是相当困难的。

他身材高大，面部丰满，气色红润，蓝色的眼睛笑意盈盈，小胡子短而黑，头发差不多已经白了。

“我十分抱歉，亲爱的同事，”他一进来就说，那种坦率，我只在他的身上才见到过，“您大概怨恨这位打乱了您的计划、推迟了您的出发的不速之客吧。”

---

① 法国军官（1821—1870），其军事著作颇有影响。

“一点也不，上尉。”我冷冰冰地答道。

“这要怪您自己。当教育部、商业部和地质学会联合委托我进行将我带到此地的这次考察时，是您蜚声巴黎的对于南方之路的知识使我想把您作为我的引路人的。这三位德高望重的人委托我辨识那条自九世纪以降往来于突尼斯和苏丹之间的中经托泽尔、瓦格拉、艾斯-苏克和布鲁姆河曲的古商路，研究恢复这条道路的古代荣光的可能性。这时，我在地理局得知您将进行的这次旅行。从瓦格拉到锡克-萨拉赫，我们的路线是一样的。还有，我应该承认，我是第一次进行这样的旅行。在东方语言学校的大厅里谈论一个小时的阿拉伯文学，我不害怕，但是，我知道，要问在沙漠里该向左还是向右，我便局促不安了。既了解了情况，又使我的入门受惠于一位可爱的同伴，这真是千载难逢的好机会。请不要怪我抓住了这个机会，不要怪我运用自己的全部信用推迟您的出发，直到我能够在瓦格拉见到您。除此之外，我只补充一点，我的使命的由来本质上是民用的，而您是受命于国防部的。到了锡克—萨拉赫，我们将分道扬镳，您去图瓦特绿洲，我去尼日尔河。在此之前，您的一切建议，您的一切命令，都将由一个下属、我希望也是由一位朋友不折不扣地执行。”

他的坦率是这样可爱，我刚才最大的担心涣然冰释了，我感到一种巨大的快乐。不过，我还是感到了一种卑劣的欲望，要对他表示一些保留，以便保持距离，不需受人求教就支配这个同伴。

“上尉，我非常感谢您的恭维。您认为我们应该何时离开瓦格拉？”

他表示出完全无所谓的样子：

“悉听尊便。明天，今晚。我耽搁了您。您大概早已准备就绪。”

我搬起石头砸了自己的脚，我并未计划在下个星期之前出发。

“明天？可是……您的行李呢？”

他微微一笑。

“我以为带的东西越少越好呢。一些日用品、纸张，我的那峰好骆驼用不了多大劲就带得了。其余的，我听从您的建议，再看看瓦格拉有什么。”

我失败了，我无言以对。何况，这样自由的思想和行为已经奇怪地迷住了我。

“嘿，”我和同事们一起喝冷饮的时候，他们说，“你那位上尉看样子好得很啊。”

“好得很。”

“你跟他肯定不会有麻烦的。你可要小心点，别让他把功劳都抢了去呀。”

“我们的工作不一样。”我含含糊糊地说。

我陷入沉思，一味地沉思，我发誓。我已经不怨恨莫朗日了。但是，我的沉默使他确信我对他怀着仇恨。而后来关于那件事疑心四起的时候，所有的人，你听清楚，所有的人都这样说：

“有罪，他肯定有罪。我们看见他们一块儿出发，我们可以肯定。”

有罪，我是有罪……但是，出于这样卑鄙的嫉妒之心……多么令人作呕！

既然如此，那就只好逃了，逃，一直逃到那些再也碰不见思想着和推论着的人的地方去。

突然，莫朗日来了，挽着少校的胳膊。看来，少校对这次相识很高兴。

他大声地介绍道：“莫朗日上尉，先生们。我向你们担保，这是一位老派的军官，喜欢热闹。他想明天走，我们应该为他举行个招待会，热烈得让他在两个小时之内改变主意。您看，上尉，您得跟我们待上八天啊。”

“我听凭德·圣亚威中尉的调遣。”他答道，温和地微笑着。

闲谈开始了，碰杯声和笑声交织成一片。新来的人带着一种败坏不了的好情绪不断地给同事们讲故事，我听见他们笑得前仰后合，而我，从未感到如此忧郁。

时候到了，大家进入餐厅。

“坐在我的右首，上尉，”少校叫着，越来越高兴，“我希望您继续给我们讲巴黎的新闻。您知道，在这儿我们什么也不知道了。”

“遵命，少校。”莫朗日说。

“请坐，先生们。”

在一片搬动椅子的快乐的喧闹声中，军官们就座了。

我两眼一直没离开莫朗日，他一直站着。

“少校，先生们，请允许。”他说。

就坐之前，莫朗日上尉时刻都显得最为快活，而现在，他两眼微合，轻声背诵起Bénédicite[①]。

① 天主教的餐前祝福经，首句为“Bénédicite”。

第四章　向北纬二十五度进发

"您看，"半个来月之后，莫朗日上尉对我说，"您关于撒哈拉古道的知识要比您愿意让我设想的要多得多，因为您知道存在着两个塔德卡。但是，您刚才说的那一个是伊本-拔图塔①的塔德卡，这位历史学家说它位于距图瓦特七十天路程的地方，还是希尔梅说得对，说它位于阿乌利米当人的未经勘测的地方。十九世纪，桑海人②的商队每年都经过这里去埃及。

"我说的塔德卡是另一个，所谓'蒙面人之都'，伊本-赫勒敦③说它位于瓦格拉以南二十天路程的地方，艾尔-贝克里说是三十天，称它为塔德麦卡。我要去的就是这个塔德麦卡。应该在艾斯-苏克的废墟上辨认出这个塔德麦卡。九世纪，连接突尼斯的杰里德和尼日尔河在布鲁姆形成的拐角的商路就从艾斯-苏克经过。正是为了研究重新使用这条古道的可能性，三个部才赋予我这项得以成为您的旅伴的使命。"

"您肯定会大失所望，"我轻声地说，"一切都向我表明，今天再利用这条道路进行贸易是毫无意义的。"

"走着瞧吧。"他平静地说。

---

① 阿拉伯地理学家和历史学家（1304—1377）。

② 东非民族。

③ 阿拉伯哲学家、历史学家（1332—1406）。

我们沿着一个色彩单调的湖畔走着，广阔的盐场在初升的太阳下闪着淡淡的蓝光。我们的五峰骆驼迈着大步，投下了暗蓝色的、移动的阴影。不时地，这荒僻之地的唯一居住者，一只鸟，一只难以确定的鹭一样的鸟，飞起来，在空中翱翔，我们一过去，它就像系在一根线上悬在空中一动不动了。

我在前面，留心着路线，莫朗日跟在后面。他裹着一件宽大的白色呢斗篷，戴着一顶向右歪斜的骑兵式小圆帽，脖子上挂着一串黑白相间的大念珠，结口处是个同样质料的十字架。他活像拉维日里红衣主教[①]的白人神甫会的一个神甫。

我们在特马希南停留了两天，离开了弗拉泰尔斯走过的路线斜向西南。特马希南是商队的必经之点，我有幸先于福罗[②]指出其重要性，在我指出的地方，潘恩上尉修建了一座要塞。特马希南地处从费桑和提贝斯蒂去图瓦特的道路的会合处，后来在那儿设立了一个极好的情报站。我那几天在那儿收集的有关我们敌人的活动情况很重要。此外，我注意到莫朗日对我的调查袖手旁观，表现出完全的冷淡。

那两天，他一直同那个看坟的老黑人聊天，那个石灰圆顶下保存着可敬的西迪-穆萨的遗骸。我很遗憾，他们

---

① 法国高级教士（1825—1892），1867年任阿尔及尔大主教，次年建立白人神甫会。

② 法国探险家（1850—1914），以在撒哈拉大沙漠中探险著名。

的谈话我全然不懂。但从那黑人的惊叹中，我知道了自己对撒哈拉大沙漠的神秘是多么无知，而我的同伴对此又是多么熟悉。

你毕竟还知道一点南方的事情，如果你想对这位莫朗日在这样一种冒险行动中所表现出的非同凡响的独特性有一个概念的话，那就听吧。事情发生在离此地二百多公里的大沙丘的深处，我们正处在六天无水的艰难旅程中。在到达第一口井之前，我们的水只够用两天了，而你知道那是些什么井，正如弗拉泰尔斯向他妻子描述的那样：“需要工作几个钟头才能扒开，让人畜饮水。”我们在那儿遇见了一个往东去拉达麦斯的商队，他们有点太偏北了。骆驼的峰瘪了，耷拉着，说明了商队所受的煎熬。一头灰色的小毛驴从后面来了，一头可怜的小毛驴，每走一步都会跌倒，它被商人丢弃了，因为他们知道它要死了。它本能地使出最后的力气跟着我们，它感到，一旦它不行了，那就是末日，它已经听到了秃鹫的呼啦呼啦的声音。我喜欢动物，与人相比，我有充足的理由更喜欢动物。但是，我从未想到要像莫朗日那样干。应该告诉你，我们的羊皮袋几乎都空了，我们自己的骆驼也好长时间没有饮水了，而没有它们，人在沙漠中就分文不值。莫朗日让他的骆驼跪下，解下羊皮袋，让小毛驴饮水。我当然很高兴地看到那悲惨的牲口的光秃秃的两肋幸福地跳了起来。但是，我负有责任，也看到了布-杰玛诧异的表情和商队里干渴的人们不解的神气。于是，我提出了指责。可我的指责是如何被接受的！“我的水，”莫朗日回答说，“是我有权利支配的。明天晚上六点钟我们就会抵达艾尔-毕奥德赫的井

了。从现在到那时候，我知道我不会渴的。”而从其说话的口气中，我第一次感觉到上尉出现了。“说起来容易，”我想，情绪相当坏，“他知道，当他想喝水的时候，我的羊皮袋，还有布-杰玛的，都会供他用的。”但是，我还不太了解莫朗日，真的，一直到第二天晚上我们到达艾尔—毕奥德赫之前，我们给他水，他总是微笑着拒绝，他不喝。

圣弗朗索瓦·达西兹[①]的幽灵！旭日中，翁布里山是多么纯洁！在一个类似的日出时分，莫朗日在一条白色的小溪旁站住了，那小溪从埃格雷山的灰色岩石的缺口处跌落下来。意想不到的水在沙上流着，在把水照得变大了一倍的光亮下，我们看见了一些黑色的小鱼。在撒哈拉的中心有鱼！在这大自然的奇迹面前，我们三个人都不说话。一条鱼迷失在一个小沙窝里，它在那儿徒然地拍打着，白色的肚皮朝上……莫朗日抓住它，看了一会儿，把它放进清浅的活水里……圣弗朗索瓦·达西兹的幽灵。翁布里山……但是，我说过不用不合时宜的节外之枝来打破叙述的完整性……

“您看，”一个星期之后，莫朗日上尉对我说，“我说得对吧，建议您在到达锡克-萨拉赫之前稍微偏南一点走。某种东西向我表明，站在您的角度看，这埃格雷高原没有什么价值。可是这里，使您比布-德尔巴、克洛阿佐和马莱博士更有说服力地确定此地起源于火山的那种岩

① 意大利圣徒，苦行僧人，方济各会的创立者。翁布里山是其隐居的地方。

石，俯拾皆是。”

这时，我们正沿着提夫德斯特山的东坡，向北纬二十五度走着。

“的确，要是不谢谢您，我会感到内疚的。”我说。

我将永远记住这一时刻。我们下了骆驼，正在采集最合适的石块。莫朗日的分辨能力很能说明他在地质学方面的知识，而他却经常自称对这门科学一无所知。

这时，我向他提出了下面的问题：

“我能说句心里话来表示我的感激吗？”

他抬起头，望着我。

“请。”

“那好，我看不出您进行的旅行有什么实际意义。”

他微微一笑。

“怎么会这样？考察古商路，证明在最久远的古代地中海地区和黑人国家存在着联系，这在您的眼中不算数吗？希望一劳永逸地解决使那么多优秀学者交锋的长期争论：一方是丹维尔、海朗、贝里欧、卡特麦尔，另一方是高斯兰、瓦尔克纳、提索、维维安·德·圣-马丹。您认为这没有意义？见鬼，亲爱的，您太苛刻了。”

“我说的是有实际意义，”我说，“您不会否认这个争论纯粹是书房里的地质学家和足不出户的探险家的事吧。”

莫朗日一直在微笑。

“亲爱的朋友，别让我泄气。请您记住，您的使命是国防部委托的，而我的是教育部给的。这不同的来源说明了我们不同的目的。总之，我乐于承认，我追求的目的的

确没有任何实用价值。”

“您同样受命于商业部，”我还不罢休，反驳道，“在这一方面，您要研究恢复九世纪的古商路的可能性。因此，在这一点上，请不要试图欺骗我，就您关于撒哈拉的历史和地质的学问来看，您在离开巴黎之前就打定了主意。从杰里德到尼日尔河的路线早已死亡，彻底死亡了。您早就知道，在您接受研究其恢复之可能性的路线上，是不会有任何重要贸易的。”

莫朗日凝视着我。

“如果是这样，”他以一种最可爱的随意口吻说，“如果我在出发前就有了您加给我的信念，您知道该得出什么结论吗？”

“听到您对我说出来，我将十分高兴。”

“这只不过是，亲爱的朋友，我没有您那么机灵，为我的旅行寻找一个借口。我在将我带到此地的真正动机上面蒙上了不那么充足的理由。”

“一个借口？我看不出……”

“该轮到您了，我请您坦率。我确信，您最强烈的愿望是向阿拉伯局提供有关塞努西教团的活动情报。但是，承认吧，提供情报并不是此行唯一的、您内心深处的目的。您是地质学家，亲爱的。您在这次探险中发现了一个满足您兴趣的机会。没有人想因此而指责您，因为您善于将对国家有用的东西和取悦自我的东西统一起来。但是，看在上帝的分上，不要否认吧：我不要别的证据，您身在此地，在这提夫德斯特的山坡上就够了，从矿物学的角度看，这里当然是很有意思的，然而，对此山的考察也同样使您向南偏离正式路线一百五十来公里。”

我不能饶有风度地闭口不言，我以攻为守。

“我是否应该从这一切中得出结论，我不知道您此行的真正动机，而您的真正动机和您的公开动机毫无关系？”

我走得有点儿远了。我从莫朗日严肃的回答中感到了这一点。

“不，亲爱的朋友，您不应该得出这样的结论。这些行政机构认为我无愧于他们的信任和津贴，对于蒙蔽他们，欺骗他们，我丝毫不感兴趣。他们指定给我的目的，我将尽力达到。但是我没有任何理由向您隐瞒，还有另外一个目的，完全个人的、远为更加关心的目的，那就是，如果您愿意，姑且使用一个令人遗憾的用语吧，这个目的是‘结果’，而其他的不过是‘手段’。”

“有什么秘密吗？”

“毫无秘密，”我的同伴说，“没有几天就到锡克-萨拉赫了。很快，我们就要分手了。一个您如此关怀备至地引他在撒哈拉迈开第一步的人是不应该对您有任何隐瞒的。”

我们在一个干涸的小河谷中停下了，那里稀疏地长着一些纤瘦的植物。附近有一眼泉，周围是灰绿色的一圈。骆驼卸下了驮鞍准备过夜，它们迈开大步，大嚼带刺的台灵草。提夫德斯特山的乌黑光滑的石壁几乎是垂直地耸立在我们头上。布-杰玛已经在生火做饭了，蓝色的烟在静止的空气中冉冉升起。

没有一点声音，没有一丝风。笔直的烟缓缓地向苍白

的天空爬去。

“您听说过《基督教的阿特拉斯》吗？”

“我想听说过。不就是一本在某个唐·格朗杰主持下、由本笃会教士出版的地质学著作吗？”

“您的记忆力很好，”莫朗日说，“但还请容我明确一些事情，对此您感兴趣的理由和我的不一样。《基督教的阿特拉斯》试图确定历年来全世界各地基督教大传播的界限。这本著作无愧于本笃会教士的学识，无愧于唐·格朗杰不可思议的博学。”

“您无疑是为了查明这些界限而来到此地喽？”我轻声地说。

“正是为此，的确。”我的同伴答道。

他沉默了。我尊重他的沉默，而且也决心不对任何事情感到惊讶。

“没有在坦白的路上半途而废而不遭人耻笑的。”他沉思了片刻，接着说，语气突然变得非常严肃，一个月之前使瓦格拉的年轻军官解颐开怀的那种愉快心情荡然无存，“我已经开始了我的坦白，我将对您说出一切。但请相信我的慎重，不要强调我私生活中的某些事情。四年前，发生了这些事情之后，我决心进入修道院。知道不知道我此举的理由，对您来说并不重要。一个绝对无足轻重的人经过一个人的生活足以改变这个人的生活方向，我能够欣赏这一点。一个人其唯一的优点就是美丽，被造物主派来将我的命运引入一个如此意外的方向，我能够欣赏这一点。我去叩门的那座修道院有最充分的理由怀疑一个这样的志愿的坚定性。尘世以此种方式失去的，往往又以同样的方式收回来。总之，院长神甫禁止我辞职，我不能不同意。我那时是上尉，一年前获得了证书。根据他的命令，我请求并获准离职三年。献身三年之后，应该好好看看尘世是否对上帝的仆人来说已经彻底地死了。

“我到修道院的第一天，就被送去听命于唐·格朗杰，他指派我到编写《基督教的阿特拉斯》的那个组去。一次简短的考试使他可以判断我在哪方面能够为他效劳。我就这样进了那个负责北非地图的支部。我不认得一个阿拉伯单词，但是，我在驻防里昂的时候，在文学系听过贝里欧的课，他无疑是位充满宗教幻想的地质学家，但他满怀着一个伟大的思想：希腊罗马文明对非洲的影响。我生活中的这一细节对唐·格朗杰是足够的了。由于他的关心，我在不知不觉中掌握了旺杜尔、德拉保特、布罗萨尔使用的柏柏尔词汇，斯坦霍普·弗里曼写的*Grammatical Sketch of the Temahaq*[①]，哈诺多少校写的《图阿雷格语语法》。三个月之后，我就能辨认任何用tifinar书写的文字了。您知道tifinar是图阿雷格人的民族文字，是图阿雷格语的书面表现，在我们看来，这是图阿雷格族对他们的伊斯兰敌人最引人注目的反抗。

“唐·格朗杰确信图阿雷格人信仰基督教，起始年代需要确定，但无疑是与希波那教堂的鼎盛处于一时期[②]。您比我更清楚，在他们那里，十字是一种具有预言性质的装饰图案。杜维里埃证实了它出现在他们的字母表中、武

① 英文：《简明图阿雷格语语法》。

② 当指395—430年间，奥古斯都担任此地大主教的时期。

器上和衣服的图案中。他们在额上、手背上所刺的唯一花纹是四端相等的十字；他们的鞍子的前鞒、刀柄和匕首柄也呈十字状。难道需要提醒您吗？尽管钟被伊斯兰教视为基督教的象征而遭禁止，而图阿雷格人的骆驼的装具却饰以铃铛。

“唐·格朗杰和我都没有过分地重视一些这样的证据，它们太像那些在《基督教真谛》[①]中获得声誉的证据了。但是，毕竟不能认为某些神学论据毫无价值。阿玛那依，图阿雷格人的上帝，毋庸置疑，就是《圣经》中的阿多那依[②]，是唯一的。他们有一个地狱，叫作tîmsitan-elâkhart，意谓‘最后的火’，统治者叫伊波利斯，就是我们的魔王。他们的天堂，他们在那儿得到善行的奖赏，那里住着andjeloûsen，就是我们的天使。请不要提出这种神学与《可兰经》的神学的相似之处来反驳我，因为我会提出历史方面的论据来反驳，我还会提醒您，图阿雷格人为了在伊斯兰教狂热的蚕食下保持他们的信仰，曾经进行了长期的斗争，直至几乎灭绝的程度。

“我和唐·格朗杰多次研究了那个土著抵抗阿拉伯占领者的了不起的时代。我们看到先知穆罕默德的朋友之一西迪–奥哈的军队深入沙漠，去征服图阿雷格人的大部落，迫使他们接受穆斯林的基本教理。这些部落当时富裕兴旺。他们是伊霍加仑人、伊梅德朗人、瓦德朗人、凯尔–盖莱斯人、凯尔–阿伊尔人。但是内部争吵削弱了他们

① 法国作家夏多布里昂（1768—1848）的著作。

② 《圣经》中对上帝的另一种称呼。

的抵抗。不过，抵抗仍然是顽强的，经过了长期而残酷的战争，阿拉伯人才占领了柏柏尔人的首都。他们屠杀了居民之后将城市摧毁了。在废墟上，奥哈建立了一座新城，这座新城就是艾斯-苏克。西迪-奥哈摧毁的那座就是柏柏尔人的塔德麦卡。唐·格朗杰要求我的正是试图从伊斯兰的艾斯-苏克的废墟中发掘出柏柏尔的也许是基督教的塔德麦卡的遗迹。”

“我懂了。”我轻轻地说。

“好极了，”莫朗日说，“但是，您现在应该懂得的是这些教徒，我的老师们的务实精神。记住，三年的寺院生活之后，他们仍然怀疑我的志愿的坚定性。他们同时找到了彻底考验我的办法和使官方的便利与他们特殊的目标并驾齐驱的办法。一天早晨，我被叫到院长神甫处，唐·格朗杰也在场，表示默许，他是这样说的：

“‘您的离职将于十五天后到期。您将回巴黎，向部里请求复职。有了您在这里所学的东西和我们在参谋部的一些关系，您被调到军事地理局是毫无困难的。当您到了德·格勒奈尔街的时候，您将接到我们的指示。’

“他们对我所学的信任使我感到惊讶。这是在我又成了地理局的上尉之后才明白的。在寺院里，与唐·格朗杰和他的论敌们朝夕相处，我总是感到自己学问浅薄。与我的同事们接触，我才懂得我在那里所受教育的优越。我甚至不必操心我的具体任务，是各部来求我，而我来接受。这方面我的主动性只表现过一次，那就是听说您将离开瓦格拉进行这次旅行，提出几条理由不承认我具有探险家的实际价值，尽一切努力推迟您的行期，以便与您相会。我

希望您不再怨恨我了。”

光明向西方遁去，太阳坠入一片极其豪华的紫色帷幔之中。在这广阔的荒漠之中，在这黝黑陡峭的岩石脚下，只有我们俩。一无所有，只有我们俩。

我向莫朗日伸出手去，他握住了。他说：

“有那么一个时刻，我的任务完成了，我终于能在修道院里忘却那些我生性不喜欢的事情，距离这个时刻还有几千公里，如果说我觉得这几千公里无限漫长的话，请允许我对您说：在到达锡克-萨拉赫之前，我与您一块儿走的路程只剩下几百公里了，我现在觉得这几百公里极其短促……”

在那眼小泉的苍白的水面上，一颗星星刚刚出现，它一动不动，有如一颗银钉固定在那里。

“锡克-萨拉赫！”我轻轻地说，心中充满了不可名状的忧郁，“别着急！我们还没到呢。”

事实上，我们从来也没到过那里。

第五章　铭文

莫朗日用他那包铁的手杖只一击，就从黑色的山坡上敲下一块岩石来。

“这是什么？”他把石头递给我。

“一块玄武岩橄榄石。”我说。

“这没意思吧，您只看了一眼。”

“不，这很有意思。但是眼下，我关心的是别的事。”

“什么？”

“您看这边。”我说，手指着白色大平原的另一边，西边天际上的一个黑点。

早晨六点钟，太阳已经出来了，但在平滑得出奇的天上，人们却看不到它。一丝风也没有。

突然，一峰骆驼叫了起来，一只大羚羊钻了出来，惊恐万状，用头撞击着石壁。它在离我们几步远的地方发呆，纤细的腿不停地抖动。

布-杰玛走到我们身边。

“羚羊的腿一颤抖，天庭的柱子就要摇晃了。”他轻轻地说。

莫朗日的眼睛盯着我，然后转向天际，看着那个已经增大一倍的黑点。

“风暴，是吗？”

“是的，风暴。”

“而这是您不安的理由？”

我没有立即回答他。我正跟布-杰玛简短地交谈着，他忙着控制烦躁不安的骆驼。

莫朗日又问了一遍，我耸了耸肩膀。

“不安？我不知道。我从来没在霍加尔见过风暴，但我得当心。我有理由相信，这场正在逼近的风暴会是很厉害的。您看，已经起来了。”

在一片平坦的岩石上，大风卷起了一缕轻尘。在静止的空气中，有些沙砾开始打转了，速度越来越快，直到令人眼花缭乱，预先让我们看到了那很快就会扑向我们的景象的缩影。

一群大雁发出尖厉的叫声，飞过去了。它们是从西边飞过来的，飞得很低。

“它们正往阿芒霍尔咸水湖逃呢。”布-杰玛说。

“错不了啦。”我想。

莫朗日好奇地望着我。

“我们该怎么办？”他问。

“立刻上骆驼，赶快在高处找个躲避的地方。您要知道我们的处境，最方便的是顺着一条干河床走。但是，可能一刻钟之内，风暴就要起来了。不出半个小时，就会有一道真正的山洪从这儿冲过去。在这片差不多不透水的土地上，雨水流得就像一桶水泼在沥青马路上。水并不深，但全是直上直下地冲过来。您还是看看吧。”

我给他指了指，上面十几米高的地方，山道两侧一道道凹陷、平行的冲刷旧痕。

“一个小时之后，水就从那么高的地方流过。那就是上次洪水流过的标记。好了，走吧。不能再耽搁了。”

“走吧。”莫朗日平静地说。

我们费了九牛二虎之力才让骆驼跪下。我们都上去之后，它们迈开大步，由于恐惧而步子越来越乱。

突然，风拔地而起，好一阵大风，几乎是同时，白昼仿佛从山沟里隐去了。在我们头上，天空一瞬间变得比山沟的黑色石壁还要黑，我们拼命地要冲出去。

“那块阶地，那个石阶，”我在风中朝我的同伴们喊，“如果我们一分钟之前到不了，那就完了。”

他们听不见，但我回头看看，他们并没有落下，莫朗日紧跟着我。布-杰玛在最后，他惊人地沉着，推着两峰驮行李的骆驼。

一道耀眼的闪电划破了黑暗。一记惊雷响过，在石壁间无休止地回响，立刻，一阵温热的大雨点落下来了。转眼间，由于急速前进而在身后张起的斗篷裹住了我们水淋淋的身躯。

突然，在我们右边，石壁上出现了一个大裂缝。那是一条干河的几乎垂直的河床，这条干河是我们早晨险些走进去的那条干河的支流。一道真正的山洪从那儿轰然流过。

我从来也没见过骆驼在攀登陡峭之处时是这样无与伦比地稳健。只见它绷紧了肌肉，叉开长腿，用力抠在石头上，石头都开始松动了。此时此刻，我们的骆驼做到的，恐怕比利牛斯山区的骡子都做不到。

经过一阵超人的努力之后，我们终于脱离了危险，登上了一块玄武岩平台，高出了我们险些停留的那个干河谷五十来米。偶然的机缘做成了许多事情，我们身后有一个

小岩洞。布-杰玛把骆驼赶了进去。我们站在洞口，静静地观赏着眼前的奇景。

我想，你一定在沙隆[①]兵营见过机枪射击。你一定见过，在这发炮弹的爆炸中，马恩地区的白垩土四处飞扬，酷似我们在中学时掷的装有电石的墨水瓶炸开。在一片炮弹的爆炸声中，尘土膨胀，升起，翻腾着。而这差不多就是那样子，只不过是在沙漠深处，在一片黑暗之中。在那个大黑洞的深处，白色的急流在升高，我们脚下的石头在升高。雷声不断地轰鸣，而更响的是，整面整面的石壁在洪水的冲击下，一下子倒塌下来，转眼间消失在汹涌的水流中。

在洪水奔泻的一个也许是两个钟头里，莫朗日和我一直不说话，俯视着这个令人惊异的大桶，我们焦急地望着，望着，一边又怀着一种说不出的恐惧得意地感到我们栖身的玄武岩山顶在水的冲击下微微摇晃着。我觉得，那时候，我们没有一刻不盼着这场可怕的噩梦结束，尽管那很美。

终于，一线阳光射出来了。这时，只是在这时，我们才互相望了望。

莫朗日向我伸出了手。

“谢谢！”他只是这么说了一句。

他又微笑着补充道：

“以淹死在撒哈拉大沙漠里告终是做作而可笑的。多亏您的果断，我们才避免了这种荒谬的结局。”

---

① 法国马恩省的城市。

啊！当他的骆驼跌倒的时候，他怎么没有滚到那洪水中一去不返呢？那样，后来发生的事就不会有了。我在意志薄弱的时候就这样想。但是我对你说过，我很快就镇静下来了。不，不，我不后悔，我不能后悔发生了那后来发生的事情。

莫朗日离开我钻进了山洞，里面传出骆驼满意的咕噜声。我独自望着洪水，它汇聚了泛滥的支流的汹涌水流，还在不断地升高。太阳在蓝天中闪耀着。我感到衣服干了，一分钟之前它还是湿漉漉的，真是快得不可思议。

一只手搭在了我的肩上，莫朗日又来到我身旁。他容光焕发，脸上泛着奇怪的、满意的微笑。

“来。”他说。

我跟着他，颇感困惑。我们进了山洞。

洞口大得足以让骆驼进出，洞里充满了阳光。莫朗日将我引到正面一面光滑的石壁前。

“看！”他说，带着掩饰不住的快乐。

“怎么样？”

“怎么样，难道您没看见？”

“我看到那儿有好几处图阿雷格人的铭文，”我回答说，有点失望，“我记得您说过我读不懂图阿雷格人的文字。这些铭文比我们已经多次见过的那些更有意义吗？”

“看看这个。”莫朗日说。

他的口吻中充满了一种胜利的味道，这一回，我集中了全部注意力。

我看着。

那是一段铭文，字母排列成十字状。它在这次冒险中

占有相当可观的位置，我要给你画出来：

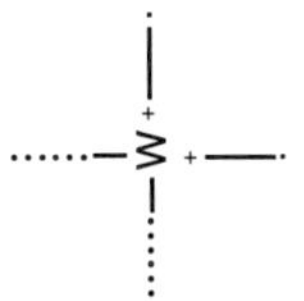

图形画得很规则，字母刻入石头相当深。虽然那时我对岩洞铭文还没有很多学问，但我还是不费力地辨识出这段铭文是很古老的。

莫朗日端详着它，越来越兴奋。

我询问地望了他一眼。

“嘿！您以为如何？”他说。

“您要我说什么呢？我再说一遍，我几乎不认识图阿雷格文。”

“您愿意我帮忙吗？”我的同伴建议道。

在刚刚过了那一阵紧张不安之后，又来上一堂柏柏尔铭文课，我觉得无论如何是不适宜的。但是，莫朗日的快活是那样明显，我不能无所顾忌，冷落了他。

“那好。”我的同伴开始道，像站在一块黑板前一样自在，“您在这段铭文中首先注意到的是它的十字形排列。这就是说，从下到上，从右到左，一个字母出现两次。组成这段铭文的词有七个字母，第四个字母‘W’自然是居于中央。这种排列，在图阿雷格的铭文中是独一无二的，已经是很引人注意的了，但是还有更奇的。现在让我们来辨认。”

七次中我能错三次，但在莫朗日的耐心帮助下，我还是拼出来了。

“懂了吗？”当我念出来之后，莫朗日挤了挤眼，问道。

“更糊涂了。”我回答道，有点儿恼火。我一个字母一个字母地读：a、n、t、i、n、h、a，Antinha。“昂蒂纳，在所有我知道的撒哈拉方言中，我找不出一个这样的词，也找不出相近的词。”

莫朗日搓着手。他的快乐简直有些反常了。

“您找到了。正是为此，这个发现才是独一无二的。”

“怎么？”

“的确，无论在阿拉伯语中，还是在柏柏尔语中，都没有和这个词相类似的。”

“那么？”

“那么，亲爱的朋友，我们看到的正是把一个外国音写成了图阿雷格文。”

“据您看，这个外国音属于哪一种语言？”

“首先，您要记住，字母‘e’在图阿雷格的字母表中是没有的。这里，它被一个最接近的语言符号代替了，那就是‘h’。您把它放在这个词中属于它的位置上，您就得到了。”

“Antinéa。”

“昂蒂内阿，完全对。我们看到的是把希腊音写成了图阿雷格文。我想，现在您该和我一样承认我的发现有某种意义了。”

那天，我们还没有更深入地解释铭文的意义，就听见一阵焦灼而恐怖的喊声。

我们立即跑到外面，一种奇怪的景象正等着我们。

尽管天空已经明净如初，洪水依旧卷着浑黄的水沫奔流着，看不出什么时候能够退去。一团灰秃秃的、软绵绵的漂流物，在水中央颠簸着，绝望地顺流而下。

但首先令我们大惊不止的是，我们看到布-杰玛在岸边崩坍的岩石中间跳跃着，像是在追赶那个漂流物，他平日里是那么镇静，此时此刻却完全像发了疯一般。

突然，我抓住了莫朗日的胳膊。那团灰色的东西在动呢。一个可怜的长脖子伸出来了，发出一声受惊野兽的悲惨呼唤。

“笨蛋，”我喊道，“他让我们的一峰骆驼跑了，让水冲走了。”

“您看错了，”莫朗日说，“我们的骆驼全都在洞里。布-杰玛追的不是我们的，我们刚听到的那声焦虑的喊叫不是布-杰玛发出的。布-杰玛是个正直的沙昂巴人，他现在唯一想的是：得到这峰顺水漂流的骆驼。”

“那是谁喊的呢？”

“让我们试试看吧，”我的同伴说，“逆流而上，我们的向导正从那里飞奔下来。”

他没等我回答，就沿着刚刚被水冲刷过的怪石嶙峋的河岸……这时，人们完全可以说，莫朗日是迎着他的命运走去了。

我跟着他。我们费了好大力气才走了两三百米远。终于，我们看见了，在我们脚下有一个汩汩作响的小沙湾，那里的洪水正在下降。

“看！”莫朗日说。

一个黑糊糊的包裹漂浮在水面上。

当我们走到水边时，我们看清了，那是一个人，穿着图阿雷格人的深蓝色长衫。

“伸给我一只手，”莫朗日说，“您用另一只手攀住一块结实的石头。”

他很有劲儿，非常有劲儿。他一会儿就玩似的把那人弄到了岸上。

“他还活着，”他满意地看到，“现在要把他带到洞里去。这地方对挽救一个溺水的人一点用也没有。”

他用有力的胳膊抱起了那个人。

“真奇怪，他身材这样高大，却这样轻。”

在我们回山洞的路上，图阿雷格人的棉布衣就已差不多干了，但颜色褪得很厉害，他已经成了个蓝人了。现在莫朗日正在使他恢复知觉。

我让他喝了一小瓶罗姆酒，他睁开了眼睛，惊异地望着我们俩，随后又闭上了，轻轻地说出一句刚刚听得清楚的阿拉伯语，其意义我们几天之后才明白：

“可能我已完成了任务吧！”

“他想说的是什么任务？”我问。

“让他完全清醒过来再说，”莫朗日答道，“喂，打开一盒罐头。对一个这样的大汉来说，不应墨守对溺水的欧洲人所规定的注意事项。”

的确，我们刚刚救活的是个巨人样的人。脸虽然很瘦，却很端正，几乎可以说是漂亮。肤色很浅，胡子稀疏。头发已经白了，看起来有六十来岁。

我把一罐咸牛肉放在他面前，他的眼中闪过一道贪婪

而快乐的光亮。这一罐牛肉足够四个壮汉吃的。转眼间，罐头盒就空了。

“真是好胃口，”莫朗日说，“我们现在可以放心地向他提问了。”

阿雷格人已经把那惯常的蓝色面罩拉到脸上和额上了。大概是因为太饿了，他没有更早地履行这个不可缺少的礼仪。现在，只是眼睛露在外面望着我们，目光越来越阴沉。

“法国军官。”他终于轻声地说话了。

他抓起莫朗日的手放在胸前，然后又拉向嘴唇。

“我的骆驼呢？”他问。

我跟他说，我们的向导正在设法救活那牲口。他跟我们讲了骆驼是如何跌倒，然后滚进洪水，他又是如何用力拉住它，自己也跟着滚进水里的。他的前额碰在一块石头上。他喊了一声，然后，他就什么也不记得了。

“你叫什么？”我问。

“艾格-昂杜恩。”

“属于哪个部落？”

“属于凯尔-塔哈特。”

“凯尔-塔哈特人是霍加尔的大贵族凯尔-勒拉部落的奴隶吗？”

“是的。”他说，斜着看了我一眼。关于霍加尔的事情提出这样明确的问题，似乎使他不高兴。

“如果我没有弄错的话，凯尔-塔哈特人住在阿塔科尔山[①]的西南一侧。我们救你的时候，你在离你们的土地这样远的地方，你来干什么？”

“我是经提特到艾因-萨拉赫去。”他说。

“你去艾因-萨拉赫干什么？”

他正要回答，突然，我们看见他抖了一下。他专注的眼睛一直盯着洞内的一点上。我们也随他望过去，原来他正在看一小时之前给了莫朗日那么多欢乐的那段刻在石上的铭文。

“你认识这个？”莫朗日问道，突然起了好奇心。

图阿雷格人没有说话，但他的眼中射出一道奇怪的光芒。

“你认识这个？”莫朗日又问。他又补充道：

“昂蒂内阿？”

“昂蒂内阿。”那人重复道。

他又不说话了。

“回答上尉。”我喊道，感到一种奇怪的愤怒攫住了我。

图阿雷格人看了看我。我以为他要开口了，但他的目光突然变得冷酷起来。透过磨得发亮的面罩，我感到他的脸绷紧了。

莫朗日和我转过身去。

洞口，布-杰玛出现了，他气喘吁吁，筋疲力尽，狼狈不堪，白跑了一个钟头。

---

① 霍加尔的另一种叫法。——拉鲁先生注

第六章　生菜的危害

在艾格-昂杜恩和布-杰玛见面的一刹那间，我似乎看到两个人都一震，随后又都镇静下来。我再说一遍，这只是一瞬间的印象。但是，这足以促使我决定，每当我和向导单独在一起的时候，就稍微详细地询问一下我们的新伙伴的情况。

开始的这一天，我们已经相当疲乏了，我们决定到此为止，就在洞里过夜，等待洪水完全退去。

醒来以后，我正在地图上标出当天的路线，莫朗日靠近了我。我注意到他的神色有些拘谨。

“我们三天以后到达锡克-萨拉赫，”我对他说，“甚至可能后天晚上就到，只要我们的骆驼走得好。”

“我们可能在此之前就分手。”他说得很清楚。

“怎么回事？”

“是的，我稍稍改变了自己的路线。我不想直接去提米萨奥了，我很高兴先去霍加尔高原内部看看。”

我皱了皱眉头：

“这个新主意是怎么回事？”

同时，我用眼睛找寻艾格-昂杜恩，昨天晚上和早些时候，我看见他和莫朗日谈话来着。他正平静地修鞋呢，涂有松香的线是布-杰玛给他的。他一直不抬头。

“是这样，”莫朗日解释说，越来越不自在了，“这个人说，类似的铭文在东霍加尔的好几个山洞里都有。这些山洞离他回去的路不远。他要经过提特。从提特到提米萨奥，中间经过锡来特，至多二百公里。这几乎是条传统的路线，比我们分手之后、我独自从锡克-萨拉赫到提米萨奥走的路程短一半。您看，这也是一点儿理由促使我……”

“一点儿？太少了，”我反驳道，“您的主意是不是完全定了？”

“是的。”他回答说。

“您打算什么时候离开我？”

“我想就在今天。艾格-昂杜恩打算进入霍加尔的那条路与这条路在距这里差不多十六公里的地方相交。因此，我还有个小小的请求向您提出。”

“请。”

“我的图阿雷格同伴丢了骆驼，您能否把驮东西的骆驼留给我一峰。”

“驮着您的行李的骆驼和您骑的骆驼一样属于你。”我冷冷地回答说。

我们沉默了一会儿。莫朗日不说话，显得局促不安。我正在看地图。在未经勘测的霍加尔地区，差不多到处都是特别是南部，在设想的茶褐色群山之中，白点很多，简直是太多了。

我终于说话了：

“您向我保证看了这些不得了的山洞以后一定经提特和锡来特去提米萨奥吗？”

他望着我，不明白。

“为什么提这样一个问题？”

“因为，如果您向我做出保证，当然，我与您同行又不使您讨厌的话，我陪您一块儿去。我也多走不了二百公里。不过不是从西边去锡克-萨拉赫而从南边去罢了。”

莫朗日感动地望着我。

“您为什么要这样做？”他轻轻地说。

“亲爱的朋友，”这是我第一次这样称呼莫朗日，“亲爱的朋友，我有一种感觉，在沙漠里非常敏锐，这就是危险感。昨天早晨发生风暴的时候，我已给过您一个小小的例证了。您虽然精通岩石上的雕刻这门学问，但您并不很清楚霍加尔是怎么回事，也不知道在那儿会遇到什么。因此，我不愿意让您独自去冒险。”

“我有向导。”他带着可爱的天真说。

艾格-昂杜恩一直蹲着，缝他的鞋。

我朝他走过去。

“你听见了我刚才对上尉说的话了吗？”

“听见了。”图阿雷格人平静地说。

“我陪他一块儿去。我们在提特与你分手，你要想办法让我们顺利到达。你建议领上尉去的地方在哪儿？”

“不是我向他建议，是他向我提出了要求，”图阿雷格人冷冷地说，“有铭文的山洞在往南走三天的地方，在山里。路开始时相当不好走，但随后就拐弯了，不用费劲就到提米萨奥了。有很好的井，塔伊托克的图阿雷格人去那些井给骆驼补充水，他们很喜欢法国人。”

“你熟悉路吗？”

他耸耸肩膀。他的眼中有一丝轻蔑的笑意。

“我走了二十次了。”他说。

“好吧，前进。”

我们走了两个小时，我没有跟莫朗日说一句话。我明确地预感到我们的疯狂，我们正满不在乎地在撒哈拉最陌生、最危险的地区中冒险。二十年来，所有旨在破坏法国的进取的行动都出在这个可怕的霍加尔高原。而我竟欣然同意这次疯狂的莽举！我退不回来了。老是用这种恶劣情绪来破坏我的行动又有什么用处呢？再说，应该承认，我们的旅行所开始具有的这种新格调丝毫也不令我生厌。从这时起，我感到我们正走向某种闻所未闻的东西，走向一种可怕的奇遇。一个人经年累月地做沙漠的客人，是不会不受到惩罚的。它迟早要控制你，毁灭优秀的军官、胆小的官员，使其丧失责任感。在这些神秘的绝壁、幽暗的僻壤背后存在着什么？它们使最杰出的神秘追逐者束手无策……往前走，我跟你说，我们就这样一直往前走。

“您至少确信这段铭文的价值可以证明我们值得作这一次尝试吧？”我问莫朗日。

我的同伴不由得抖了一下。我知道，他从一开始就害怕我是不情愿地陪他的。我一给了他说服我的机会，他的顾虑就消失了，显出胜利在握的神气。

“从来，”他回答道，有意控制住声音，但掩饰不住那一股热情，“从来没有在这么低的纬度上发现希腊铭文。它们被提到的极限在阿尔及利亚和克兰尼前部。您想想看，居然在霍加尔发现了！的确，这一次是用图阿雷格文翻译过来的。但是，这一点并没有降低这件事的意义，相反还提高了。”

“据您看，这个词是什么意思？”

“昂蒂内阿只能是个专名。”莫朗日说，“谁叫这个名字呢？我承认我不知道，如果我现在往前走，还把您拖了来，正是我指望找到一些补充材料。它的词源吗？不是一个，可能有三十个。您想想，图阿雷格字母表与希腊字母表是远远不相一致的，这就大大增多了假设。您愿意我提出几个吗？”

“我正想呢。”

“那好，首先是αντὶ和ναvs，‘面对着船的女人’，这种解释可能会让加法莱尔和我的尊师贝里欧高兴的。这也适合于船首的雕像。有一个技术名词，现在我想不起来，就是打我一百五十棍子也想不起来。

“然后是αντινῆα，还有αντι和ναόζ，站在ναόζ前面的那个女人，ναόζ是庙宇的意思，这就成了：站在庙宇前面的那个女人，也就是女祭司。这个解释从各方面来说都会令吉拉尔和勒南着迷。

“还有αντίνεα，属于αντί和νεõζ，‘新的’，这有两种意思：年轻反面的那个女人，这就是说是年老的，或者，‘新鲜之敌或年轻之敌的那个女人’。

“αντϊ还有‘作为交换’的意思，这样就更增加了解释的可能性了；动词νέω也有四种意思：走、流、穿或织、堆。还有更多……请注意，这驼峰上虽很舒服，却没有埃蒂安的大字典，也没的帕索、教皇或李德尔-司各特的词汇。亲爱的朋友，我说这些只是为了向您证明，铭文学是一种多么相对的学问，总是依赖于新材料的发现，它不是取决于书写者的兴致或他的奇特的宇宙观，就是与先前的材料相矛盾。”[1]

“这也差不多是我的看法，”我说，“但是，请让我表示惊讶，您对所追求的目标怀有这样怀疑的看法，您却毫不犹豫地承担可能会是相当大的风险。”

莫朗日淡淡地一笑。

“我并不做解释，朋友，我只是汇集。从我带给他的东西中，唐·格朗杰有必需的学识做出以我浅薄的学识做不出来的结论。我原想玩一玩。原谅我吧。”

这时，一峰驮东西的骆驼的系带滑脱了，显然是没有绑紧。有一部分行李摇晃了，掉在地上。

艾格-昂杜恩早已跳下骆驼，帮助布-杰玛收拾。

他们收拾完毕，我催动骆驼，与布-杰玛的骆驼并排走着。

“下次要把骆驼的带子系紧，快要爬山了。”

向导惊奇地望着我。直到那时为止，我认为没有必要让他知道我们的新计划，但我想艾格-昂杜恩可能已经告诉他了。

“中尉，直到锡克-萨拉赫，这条白色大平原的路并没有山呀。”沙昂巴人说。

“我们不走白色大平原这条路了，我们要南下，经过霍加尔高原。”

“经过霍加尔，”他轻轻地说，“可是……”

---

① 莫朗日上尉在他有些地方纯属想象的举例中，似乎忘了还有另一个词源，ανθίνεα，多利安方言，ανθίη，'ανθοζ，‘花’，意思是“开花的”。——拉鲁先生注

“可是什么？”

“我不认识路。”

“是艾格-昂杜恩带我们去。”

“艾格-昂杜恩！”

布-杰玛发出这一声低沉的惊呼，我望着他。他的眼睛转向那个图阿雷格人，混杂着惊异和恐惧。

艾格-昂杜恩的骆驼在前面十多米处，与莫朗日的骆驼并排走着。我知道莫朗日大概正跟艾格-昂杜恩谈那有名的铭文，但我们并不太落后，他们听得见我们说话。

我又看了看向导，看见他脸色灰白。

“怎么了，布-杰玛？你怎么了？”我压低声音问他。

“这儿不能说，中尉，这儿不能说。”他小声说。

他的牙咯咯作响。他又说，仿佛是在叹气：“这儿不能说。晚上停下的时候，太阳落了，他转向东方做祷告的时候，你叫我，那时我再跟你说……这儿不能说。他在说话呢，但他听得见。走吧。赶上上尉。”

“又是一件麻烦事。”我嘟囔着，用脚夹一夹骆驼的脖子，赶上莫朗日。

傍晚五点钟左右，打头的艾格-昂杜恩停住了。

“就是这儿。”他说，跳下了骆驼。

那地方既阴森又美丽。左边，是一堵奇妙的花岗岩壁，它那灰色的尖梁横亘在火红的天空中。一道曲折蜿蜒的通道将石壁由上至下劈为两半，大概有一千尺高，宽度有时可容三峰骆驼齐头并进。

“就是这儿。”图阿雷格人又说了一遍。

前面，在落日的余晖中，我们将要舍弃的道路像一条灰白的带子向西伸展开去。白色大平原，通往锡克-萨拉赫的道路，可靠的歇脚处，熟识的井……而相反的方向，衬着殷红的天空的这堵黑色石壁，这幽暗的通道……

我望着莫朗日。

“停下吧，”莫朗日淡淡地说，“艾格-昂杜恩建议我们灌满水。”

我们一致同意，进山之前，在那儿过夜。

在一个黑糊糊的洼地里有一眼泉，上面悬着一道美丽的小瀑布，几丛灌木，一些植物。

上了绊索的骆驼已经开始吃起来了。

布-杰玛在一块平坦的大石头上摆下餐具：杯子和锡盘。他打开一盒罐头，放在一盘生菜旁边，那生菜是他刚在湿润的泉边采来的。从他摆放这些东西的僵硬动作中，我看出来他是那么慌乱。

正当他俯身递给我一个盘子的时候，他对我指了指我们要进去的那条阴森幽暗的通道。

“Blad-el-khouf！”他小声地说。

“他说什么？”莫朗日问，他看见了他的举动。

“Blad-el-khouf，这里是恐怖之国。阿拉伯人就是这样称呼霍加尔高原的。”

布-杰玛又回到一边坐下了，让我们吃饭。他蹲着，开始吃几片留给自己的生菜叶子。

艾格-昂杜恩一动不动。

突然，图阿雷格人站起来了。西边的太阳只剩一个火点了。我们看见艾格—昂杜恩走近泉水，把蓝色的斗篷铺

在地上跪下了。

“我没想到图阿雷格人是这样尊重穆斯林的传统。”莫朗日说。

“我也没想到。”我出神地说。

此时此刻，我顾不上惊讶，我有别的事要干。

“布–杰玛。”我叫他。

同时，我望着艾格–昂杜恩。他面对西方，沉浸在祷告中，似乎一点儿也没注意我。他正匍匐在地，我又叫了一声，声音大了些。

“布–杰玛，跟我到我的骆驼那儿去，我要在皮套里拿点东西。”

艾格–昂杜恩一直跪着，缓慢地、庄重地、喃喃地做着祷告。

布–杰玛没有动。

回答我的只是一阵低沉的呻吟声。

莫朗日和我一跃而起，跑到向导跟前。艾格–昂杜恩也同时到了。

沙昂巴人闭着眼睛，手脚已经冷了，只是在莫朗日的怀抱里嘶哑地喘息着。我抓住了他的一只手，艾格–昂杜恩抓住另一只。我们各自以自己的方式，努力猜想，理解……

突然，艾格–昂杜恩跳了起来。他刚看见那个可怜的、凹凸不平的饭盒，一分钟之前阿拉伯人还夹在膝间，现在翻扣在地上。

他拿起来，放在一边，一片一片地检查还剩下的生菜叶，发出一声沙哑的惊呼。

“得，”莫朗日小声说，“在这一位身边，现在他该发疯了。”

我盯着艾格-昂杜恩，他不说话，飞快地跑向放着我们餐具的那块石头，旋即回到我们身边，拿着一盘我们还未动过的生菜。

这时，我从布-杰玛的饭盒中拿出一片绿叶，那叶子肥厚宽大，颜色暗淡，把它和从我们的菜里拿出的一片叶子并在一起。

“Afahlehlé！”他只是这样说了一句。

我周身一震，莫朗日也是如此，原来这就是阿发赫勒赫雷，撒哈拉阿拉伯人的天仙子[①]，使弗拉泰尔斯考察团的一部分人丧生的可怕植物，比图阿雷格人的武器更迅速、更保险。

现在，艾格-昂杜恩站在那儿，他高大的身影突然变成淡紫色的天空映出的黑色轮廓。他望着我们。

我们热心地照料着不幸的向导。

“Afahlehlé。”图阿雷格人一边说一边摇头。

布-杰玛在半夜里死了，再也没有恢复知觉。

---

① 剧毒植物，图阿雷格人就用此种植物毒杀了弗拉泰尔斯探险队中多人。

第七章　恐怖之国

“自从出发以来，我们的远征是如此缺少变故，现在看看它究竟能变得多么动荡多事，倒是怪有意思的。”莫朗日说。

我们费了很大力气挖了一个坑，把向导的尸体放进去，莫朗日跪了一会儿，做了祈祷。上面那句话，他是在站起来的时候说的。

我不信上帝。但是，如果有一种东西能够影响一种力量，不管这种力量是恶还是善，是光明还是黑暗，这种东西就是这样一个人轻声念出的祈祷。

整整两天，我们都是在一种由于荒芜而变化莫测的环境中，在巨大的黑色乱石丛中走着。只有骆驼脚下的滚石掉进了悬崖的深处，发出宛如爆炸的声音。

的确，真是奇怪的行进。开始的时候，我拿着罗盘，试图标出我们走的路线。但是我画的路线很快就乱了，显然是校准骆驼的步伐时有错误。于是，我把罗盘放进了袋子里。从此，我们失去了控制，艾格-昂杜恩成了主人。我们只能相信他了。

他走在前面，莫朗日跟着他，我断后，火成岩的各种最有意思的标本时时映入我的眼帘，但毫无用处，我对这些事情已经不感兴趣了。另外一种兴趣控制了我。莫朗日的疯狂变成了我的疯狂。如果我的同伴过来对我说：“我们简直是在胡闹，回去吧，回到预定的路线上，回去吧。”在那以后，我将会回答他：“您是自由的。我嘛，我继续往前走。”

第二天傍晚时分，我们到了一座黑魆魆的大山脚下，我们头上两千米的地方展现出破碎的墙垛的轮廓。那是一座巨大的、幽暗的棱堡，配有封建时代的尖脊主塔，衬在橙色的天空中，轮廓鲜明得令人难以置信。

那儿有一口井、几棵树，是我们进入霍加尔高原所遇见的第一批树。

一群人围着那口井。他们的骆驼系着绊索，寻找着颇成问题的食物。

那些人看见我们，不安地聚在一起，摆出防守的架势。

艾格-昂杜恩回过头来对我们说：

“埃加里的图阿雷格人。”

他朝他们走去。

这些埃加里人都是漂亮的男子汉。他们是我所见过的最高大的图阿雷格人。艾格-昂杜恩跟他们说了几句话。他们望着莫朗日和我，带着一种近于恐惧的好奇心，不过总还是含着敬意。他们出人意料地殷勤，离开了水井，让我们使用。

我从鞍上的袋子里拿出一些菲薄的礼物，却被他们的首领拒绝了，这种谨慎令我惊奇。他好像连我的目光都害怕。

他们走了之后，我向艾格-昂杜恩表示了我的惊奇，我过去与撒哈拉的居民接触时，几乎没有见过这样的谨慎。

“他们跟你说话时怀着敬意，甚至怀着恐惧。”我对

他说，“但是，埃加里部落是高贵的。而你说你属于的那个凯尔–塔哈特部落却是个奴隶部落。”

艾格–昂杜恩阴沉的眼睛中闪过一丝笑意。

“这是真的。”他说。

“那么？”

“那是我跟他们说，跟你和上尉，我们去魔山。”

艾格–昂杜恩用手指了指那黑色的大山。

“他们害怕了。霍加尔高原上的一切图阿雷格人都害怕魔山。你看到了吗？一听见它的名字，他们就逃了。”

“你是领我们去魔山吗？”莫朗日问。

“是的，”图阿雷格人说，“我跟您说的铭文就在那儿。”

“你事先并没有跟我们说到这一细节。”

“那有什么用？图阿雷格人害怕伊尔希南，头上长角的魔鬼，它们有一条尾巴，把毛皮当衣服，让畜群和人像得了腊屈症一样地死去。但是我知道罗米人[①]不怕，他们甚至还嘲笑图阿雷格人的恐惧呢。”

“你呢，”我说，“你是图阿雷格人，你不怕魔鬼吗？”

艾格–昂杜恩指了指他胸前白色念珠串上挂着的一个红皮小口袋。

“我有护身符，”他庄重地说，“尊贵的西迪–穆萨亲自祝福过的。还有，我跟你们在一起，你们救了我的命，你们想看铭文。让阿拉的意志实现吧。”

---

① 阿拉伯人对基督徒和欧洲人的称呼。

他这样说完就蹲下了，掏出带着铜烟锅的长长的芦秆烟斗，庄严地抽起来了。

“这一切都开始变得奇怪了。”莫朗日走近我，轻轻地说。

“别夸张，”我回答道，“您跟我一样记得那一段，巴特赫讲他在伊迪南的旅行，那就是阿杰尔的图阿雷格人的魔山。那地方声名狼藉，没有一个图阿雷格人肯陪他去。但他还是回来了。”

“他是回来了，不错，”我的同事反驳道，“但是他一开始就迷了路。没有水，没有食物，差一点饿死渴死，甚至到了割开血管喝血的地步。这种前景毫无吸引人之处。”

我耸了耸肩，反正我们到了这儿，这并不是我的过错。

莫朗日明白我的动作是什么意思，觉得应该表示歉意。

“不过，我很想，”他带着有些勉强的快活接着说，“与这些魔鬼接触接触，验证一下彭波纽斯·梅拉提供的情况。他见过它们，也恰恰是说它们在图阿雷格人的山中。他把它们称作艾及潘、布雷米安、冈发桑特、萨蒂尔……他说：冈发桑特赤身裸体；布雷米安没有头，脸长在胸膛上；萨蒂尔只有一张人脸，艾及潘就像大家说的那样。萨蒂尔、艾及潘……真的，听到这些希腊名字用在这里的野蛮魔鬼身上不是很奇怪的吗？相信我，我们已经找到了这桩奇事的线索；我有把握，昂蒂内阿将是一些独特发现的关键。”

“嘘!”我说，一个指头放在嘴上，“听。”

在大步降临的夜色里，一种奇怪的声音在我们周围响

起来了，像是一种断裂声，接着是一阵悠长而凄厉的叹息声在周围的山谷中回响。我觉得，整个黑色的大山突然呻吟起来了。

我们看了看艾格-昂杜思。他一直在抽烟，眉头都不皱一皱。

“魔鬼醒了。”我说了一句

莫朗日听着不说话。他肯定也像我一样明白：晒热的山岩，石头的破裂，一系列的物理现象，让人想起梅农的会唱歌的雕像[①]……但是，这未曾料到的齐鸣仍然令人难受地刺激着我们的神经。

可怜的布-杰玛的最后一句话浮现在我的脑际。

“恐怖之国。”我轻轻地说。

莫朗日重复了一句：

“恐怖之国。”

这场奇特的奏鸣停止了，天上出现了第一批星星。我们怀着无限感动的心情，看着那些细小苍白的天火一个个地点燃了。在这悲惨的时刻，它们把我们——与世隔绝的人，被囚禁的人，迷途的人——和我们的更高纬度上的兄弟们联系起来。这个时辰，在那些突然闪现出电灯的白光的城市里，他们正疯狂地拥向那平庸的娱乐。

Chét-Ahadh esa hetisenet

Mâteredjreâd-Erredjeâot,

① 古希腊忒拜城附近的两座巨大的雕像，曙光初照时，能发出悦耳的声音。

Mâteseksek d-Essekâot,

Mâtelahrlahr d'Ellerhâot

Ettâs djenen，barâd tit-ennit abâtet。

这刚刚升起的缓慢的喉音是艾格-昂杜恩的声音。在万籁俱寂之中，这声音是那么庄严和忧郁。

我碰了碰图阿雷格人的胳膊，他用头向我指了指天上一个闪闪烁烁的星座。

"七星座。"我向莫朗日小声说，指着那七颗苍白的星星。这时，艾格-昂杜恩又用他那单调的声音唱起了那支凄凉的歌：

夜的女儿有七个：

玛特勒吉莱和埃勒吉奥特，

玛特塞克塞克和埃塞卡奥特，

玛特拉赫拉赫和埃勒哈奥特，

第七个是男孩少了一只眼。

我突然感到一阵不舒服。我抓住了图阿雷格人的胳膊，他正准备第三次唱这段歌。

"我们什么时候才能到那有铭文的山洞？"我粗暴地问道。

他看了看我，以惯有的平静回答说：

"我们到了。"

"我们到了，你还等什么，不指给我们看？"

"等你们问我。"他不无放肆地答道。

莫朗日一跃而起。

“山洞，山洞在那边吗？”

“在那边。”艾格-昂杜恩站了起来，从容不迫地说。

“领我们到山洞去。”

“莫朗日，”我突然感到不安，“天黑了，我们什么也看不见。也许还远着哪。”

“离这儿还不到五百步远，”艾格-昂杜恩顶了一句，“山洞里有的是干草。点着草，上尉会看得跟在白天一样清楚。”

“走吧。”我的同伴说。

“骆驼呢？”我又说。

“它们拴着绊索，”艾格-昂杜恩说，“我们离开的时间不会长的。”

他已经朝那座黑色的大山走去了。莫朗日激动得发抖，跟着他，我也跟在后面，从这时起，我就一直感到深深的不安。我的太阳穴怦怦直跳：“我不害怕，我发誓这不是害怕。”

不，真的，那不是害怕。但是，多么奇怪的眩晕啊！我的眼前一片模糊，我的耳朵里嗡嗡直响。我又听见了艾格-昂杜恩的声音，扩大了，广阔无边，却是低沉，那么低沉：

夜的女儿有七个……

我觉得山的声音与他的声音互相响应，无休止地重复着那阴森的最后一句：

第七个是男孩少了一只眼。

“就是这儿。”图阿雷格人说。

一个黑窟窿开在石壁上。艾格-昂杜恩弯弯腰进去了，我们跟着他，我们周围一片漆黑。

一点黄色的火苗。艾格-昂杜恩打着了火镰，点燃了洞口附近的一堆草。起初我们什么也看不见，烟迷住了我们的眼睛。

艾格-昂杜恩待在洞口旁边。他坐下了，比平时更沉静，又开始从他的烟斗中抽出灰色的长烟。

现在，从点燃的草中发出一片跳动的光来了。我瞥了莫朗日一眼，我觉得他的脸色非常苍白。他两手扶着洞壁，正在竭力辨认那一堆我看得模模糊糊的符号。

但是，我似乎看见他的手在发抖。

“见鬼，他大概像我一样不自在吧。”我心里想，感到把两种思想联系起来越来越困难了。

我好像是听见他对艾格-昂杜恩大叫了一声：

“躲开点，让空气进来。好大的烟！”

他在辨认，他一直在辨认。

突然，我又听见他说话了，但模糊不清，好像是声音也裹在烟里了。

“昂蒂内阿……终于……昂蒂内阿……但不是刻在石头上……用赭石画的符号……还不到十年，可能还不到五年……啊！……”

他双手抱头，大叫了一声：

“这是骗局，一个悲惨的骗局！”

我嘲弄地笑了一声：

“算了，算了，别生气。”

他抓住了我的胳膊摇晃着我。我见他睁大了眼睛，充满了恐怖和惊异。

“您疯了吗？”他冲着我喊。

“别这么大声喊。”我依然嘲弄地笑着。

他还在望着我，筋疲力尽，坐在一块石头上面对着我。在洞口，艾格-昂杜恩一直在平静地抽着烟。黑暗中，我们看见他的烟斗的红色烟锅闪闪发亮。

“疯子！疯子！”莫朗日重复着，他的声音似乎变厚了。

突然，他朝着那堆炭火俯下身去，火苗将逝，变得更高、更明亮。他抓住了一棵尚未燃尽的草。我看见他聚精会神地查看着，然后把草投进火中，发出了一阵刺耳的大笑。

“哈！哈！这草真好！”

他踉踉跄跄地走近艾格-昂杜恩，对他指了指火：

“大麻，嗯！印度大麻，印度大麻。哈！哈！这真好。”

“这真好。”我重复着，爆发出一阵笑声。

艾格-昂杜恩不露声色地笑笑，表示同意。

将要熄灭的火照亮了他挂着面罩的脸，在他那双阴沉可怕的眼睛里闪动着。

片刻之后，突然，莫朗日抓住了图阿雷格人的胳膊。

“我也要抽烟，”他说，“给我烟斗。”

那个幽灵不动声色，把我同伴要的东西递给他。

“啊！啊！一只欧洲烟斗……”

"一只欧洲烟斗。"我重复着，越来越快活。

"有一个字头M……这事儿真凑巧，M，莫朗日上尉。"

"马松上尉[①]。"艾格-昂杜恩平静地更正道。

"马松上尉。"我和莫朗日一起重复道。

我们又笑起来。

"哈！哈！哈！马松上尉……弗拉泰尔斯上校……加拉马的井。有人把他杀了，拿了他的烟斗，就是这只烟斗。是塞格海尔-本-谢伊赫杀了马松上尉。"

"的确是塞格海尔-本-谢伊赫。"图阿雷格人以一种不可动摇的冷静回答道。

"马松上尉和弗拉泰尔斯上校离开车队，前去找井。"莫朗日一边说一边放声大笑。

"这时，图阿雷格人袭击了他们。"我补充道，笑得更厉害了。

"一个霍加尔的图阿雷格人抓住了马松上尉的马缰绳。"莫朗日说。

"塞格海尔-本-谢伊赫抓住了弗拉泰尔斯上校的马缰绳。"艾格-昂杜恩说。

"上校蹬上马镫，这时，他挨了塞格海尔-本-谢伊赫一刀。"我说。

"马松上尉掏出手枪朝塞格海尔-本-谢伊赫射击，他左手的三个手指被上尉打掉了。"莫朗日说。

"但是，"艾格-昂杜恩不动声色地结束道，"塞格

① 莫朗日和马松两个名字都以字母M开头。

海尔-本-谢伊赫一刀劈开了马松上尉的脑袋……”

他说出这句话时，不出声地、满意地笑了笑。将要熄灭的火焰照亮了他，我们看着他那乌黑发亮的烟管，他用左手拿着。一个指头，两个指头，这只手只有两个指头。瞧，我还没有注意到这个细节。

莫朗日也刚刚意识到，因为他在一阵刺耳的大笑中结束道：

“那么，劈开他的脑袋之后，你抢劫了他，拿了他的烟斗。好哇，塞格海尔-本-谢伊赫！”

塞格海尔-本-谢伊赫没有回答，但人们感到他内心是满意的。他一直在抽烟。我看不清他的脸。火苗变暗了，熄灭了。我从来也没有像那天晚上那样笑过。我肯定，莫朗日也没有。他可能要忘记修道院了。这一切都是因为塞格海尔-本-谢伊赫偷了马松上尉的烟斗……您去相信宗教志愿吧。

又是那首该诅咒的歌：“第七个是男孩少了一只眼。”人们想象不到会有这样愚蠢的歌词。哈！很滑稽，真的：现在，我们在这个洞里是四个人了。四个，我说什么，五个、六个、七个、八个……别拘束，朋友们。瞧，没有了……我终于要知道这儿的精灵是什么样了，冈发桑特、布雷米安……莫朗日说布雷米安的脸在胸膛当中。抱着我的这家伙肯定不是布雷米安。他把我抱到外面去了，还有莫朗日。我不愿意人们忘了莫朗日……

人们没忘记他：我看见他了，骑在一峰骆驼上，走在我被绑着的这峰骆驼前面。幸亏把我绑上了，不然我要滚下去了，这是肯定的。这些魔鬼的确不是恶鬼。可是这条路真长啊！我想伸伸腰。睡觉！我们刚才肯定走过了一条通道，后来才走出去，现在又进了一条没有尽头的通道，喘不过气来。我们又看见星星了……这可笑的奔跑还要继续很久吗？

瞧，光亮……也许是星星。不，是光亮，我说得很清楚。这是台阶，我保证，是石头的，的确，但是台阶，骆驼怎么能……但这已经不是骆驼了，抱着我的是一个人，一个全身穿白的人，不是冈发桑特，不是布雷米安。莫朗日该不高兴了，他的历史归纳全是错误的，我再说一遍，全是错误的。正直的莫朗日。但愿他的冈发桑特别让他跌在这无穷无尽的台阶上。深处，有什么东西在闪亮。是，是一盏灯，是一盏铜灯，像在突尼斯，在巴尔布什[①]那里一样。得，又什么也看不见了。但我管他呢，我躺下了；现在，我能睡觉了。多荒唐的一天！……啊！先生们，请放心，捆上我一点用也没有，我不想下地呀。

又是一阵漆黑。脚步声渐渐远了。寂静。

那只是一会儿工夫。我们身边有人说话。他们说什么……不，不可能！那一阵金属声，那说话的声音。您知道那声音喊什么，您知道那声音喊什么吗？那口气是一个惯于此道的人的口气。它喊的是：

“下注吧，先生们，下注吧。庄家有一万路易。下注吧，先生们。”

见鬼，我到底在还是不在霍加尔？

---

① 突尼斯市的一个娱乐场所。

第八章　在霍尔加苏醒

我睁开眼睛的时候，天已大亮。我立刻就想到了莫朗日。我没看见他，但我听见他就在我身边，发出几声轻微的惊叫。

我叫他，他向我跑来。

“他们没有把您捆起来？”我问他。

“实在对不起。他们捆得不紧，我挣脱了。”

“您应该也给我解开。”我说，满含着怨气。

“有什么用，我怕弄醒您。我想您第一声喊叫肯定是招呼我。果然如此！”

我摇摇晃晃地站了起来。

莫朗日微笑了。

“我们大概是整夜都在抽烟喝酒，我们的处境不会比这更可悲了，”他说，“管它呢，这个让我们抽印度大麻的艾格-昂杜恩真是个大恶棍。”

“塞格海尔-本-谢伊赫。”我纠正道。

我伸手摸了摸额头。

“我们是在哪儿？”

“亲爱的朋友，”莫朗日回答说，“从烟雾腾腾的山洞，到装有《一千零一夜》里的路灯的台阶，是一场离奇的噩梦，自我醒来之后，我是一步一惊，一步一愕呀。您还是看看周围吧。”

我揉了揉眼睛，四下里望着。我抓住了我的同伴的手。

“莫朗日，”我恳求道，“告诉我吧，我们还在做梦。”

我们身处一个圆形的大厅中，直径有五十尺左右，高也差不多，一扇宽大的门使得厅内通亮，外面是一角深蓝的天空。

燕子飞来飞去，轻轻地发出欢快急促的叫声。

地面，向内弯曲的墙壁；天棚，是一种斑岩样有纹理的大理石，镶嵌着一种奇怪的金属，颜色比黄金浅，比白银深，早晨的空气从我说的那扇门中大量地涌进来，在金属上蒙了一层水汽。

我想享受一下清凉的微风，驱散梦意，就蹒跚着走向门口，俯在栏杆上。

我不由得发出一声赞叹。

我站的地方像个阳台，依山雕成，俯视着深渊。头上是蓝天，脚下是一圈悬崖，形成了一道连绵不断、坚不可摧的城墙，下面五十米左右的地方，展现出一座真正的人间天堂。一座花园横卧在那里。棕榈树懒洋洋地摇着宽大的叶子。在它们的荫护下，生长着一片小树。杏树、柠檬树、柑树，还有很多其他的树。我处在这样高的地方，分辨不出种类……一条宽宽的蓝色溪水，上面有瀑布垂下，流进一个迷人的湖中，地势高峻，湖水极其清澈。在这绿色的井上，几只大鸟在盘旋，湖上还有一只红鹳。

四周的山峰高耸入云，都披着皑皑白雪。

蓝色的溪水，绿色的棕榈，金色的果实，衬着奇妙的白雪，在这由于流动而清洁无比的空气中，构成了某种那

么纯洁、那么美的东西，我这可怜的凡人的力量简直不能长久地承受这一幅图画。我把头俯在栏杆上，它由于那神奇的白雪而变得非常舒适，我像孩子一样哭了。

莫朗日也成了个孩子，但他比我醒得早，无疑有时间熟悉这每一处细节，而这些细节神奇的总和却压倒了我。

他一只手放在我的肩上，温柔地把我拖回到大厅内。

“您还什么没看到呢，”他说，“看看吧，看看吧。”

“莫朗日，莫朗日！”

“嗯！亲爱的，您要我怎么样呢？看看呀！”

上帝宽恕我，我刚刚发现这奇怪的大厅里摆着欧洲式的家具。当然，这里也有一些图阿雷格的色彩艳丽的圆形皮坐垫、加夫萨[①]的毛毯、凯鲁安[②]的地毯、卡拉马尼[③]的门帘，我这个时候真不敢掀开它。但是，墙上一块镶板半开着，露出了一间摆满了书的图书室。墙上挂着一大套表现古代艺术杰作的照片。那儿有一张桌子，上面堆满了纸张、小册子和其他书籍。我觉得我要瘫了，我看见了一期——最近的——《考古杂志》。

我望着莫朗日，他也望着我，突然，一阵大笑，疯狂的大笑攫住了我们，我们前仰后合地笑了好一会儿。

“我不知道，”莫朗日终于说得出话来了，“我们有一天会不会后悔我们的霍加尔之行。现在，您得承认，这次旅行充满着意外的曲折。这妙不可言的向导，他让我

---

① 突尼斯南部城市。

② 突尼斯中部城市。

③ 地名，不详。

们睡着了，只是为了让我们免除长途跋涉的麻烦，善意地让我们领略被如此吹嘘的印度大麻令人心醉神迷的妙处，这幻想般的夜间骑行，最后，还有努莱丹[1]的那个山洞，他大概在师范学校上过雅典人贝尔索的课，总之，请相信我，这真可以使最冷静的人神魂颠倒。”

“说真的，您对这一切做何感想？”

“我的感想，可怜的朋友？先问问您能做何感想吧。我不懂，一点儿也不懂，您所谓的我的博学已经付诸东流。怎么能不如此呢？这些穴居人使我惊愕。普林尼确实说过有土著住在洞穴里，在阿芒特人住的地方的西南，有七天的路程，在大流沙的西方，有十二天的路程。希罗多德也说，加拉芒特人乘坐马车狩猎，还有穴居的埃塞俄比亚人。但我们现在是在霍加尔，是图阿雷格人的家乡的内地，而最优秀的著作家们告诉我们，图阿雷格人并不住在洞里。杜维里埃关于这一点说得很肯定。请问，这个布置成工作间的山洞，墙上挂着《梅迪西的维纳斯》和《索罗托的阿波罗》的复制品，这是怎么回事？发疯，我说，真让人发疯啊。”

莫朗日一屁股坐在一张沙发上，笑得更加厉害了。

“瞧，拉丁文。”我说。

我从大厅中央的一张桌子上抓起一叠纸来。莫朗日拿过去，贪婪地翻着。他的脸上露出了极为惊异的表情。

“越来越奇怪了，亲爱的！有人正在这里根据大

---

① 人名，不详。

量资料撰写一篇关于戈耳工[①]岛的论文：*de Gorgonum insulis*。他认为，美杜莎[②]是一位利比亚蛮女，住在特里顿湖附近，就是现在麦赫里尔湖[③]，柏修斯就是在那儿……啊！”

莫朗日的声音噎在喉咙里了。正在这时，一个尖细刺耳的声音在大厅中响起。

“对不起，先生。别动我的纸。”

我朝这个新来的人转过头去。

一角卡拉马尼门帘被掀起来了，进来一位最料想不到的人物。尽管我们准备接受任何稀奇古怪的事情，这个人的出现所产生的不协调，仍然超出了任何可以想象的情况。

一个身材矮小的男人站在门口，秃顶，黄脸，尖下颏，一副巨大的绿色眼镜盖住了半个脸，一把短小的花白胡子。他看来装束简便，却在樱桃色的硬胸上系着一条给人印象很深的领带。他穿着一条轻薄的白裤，一双红皮拖鞋构成了他的装束中唯一的东方色彩。

他不无炫耀地佩戴着一枚法国教育部授予的玫瑰形官员徽章。

他拾起莫朗日于惊讶间失手掉在地上的纸张，数好，重新排好，愤怒地瞪了我们一眼，一边摇了摇铜铃。

---

① 希腊神话中的三姐妹，其中之一是美杜莎。

② 希腊神话中的怪物，后为柏修斯所杀。

③ 在利比亚。

门帘又被掀起来了，进来一个穿白衣服[①]的大个子图阿雷格人。我似乎认出了他是那个山洞里的一个魔鬼。

“费拉吉，”教育部的小个子官员生气地问道，“为什么把这两位先生领到图书室来？”

图阿雷格人深深地鞠了一躬。

“塞格海尔-本-谢伊赫回来得比预定的要早，先生，”他回答道，“涂香料的人昨天晚上没有干完活儿，他们被带到这儿等着。”他指了指我们，结束道。

“好，你可以退下了。”小个子生气地说。

费拉吉倒退着走向大门。在门口，他站住了，说：

“我提醒你，先生，开饭了。”

“好，走吧。”

戴绿眼镜的人坐在桌后，开始焦躁不安地翻弄纸张。

我不知道为什么，这时候，我感到一阵难以控制的恼怒。我朝他走过去。

“先生，”我说，“我的同伴和我，我们不知道这是什么地方，也不知道您是什么人。我们只知道您是法国人，因为您佩戴着我们国家的一种最受人尊敬的荣誉徽章。您也可以对我得出同样的看法。”我指了指自己的白上衣上薄薄的红绶带。

他带着一种不屑一顾的惊奇看了看我：

“那又怎么样，先生？……”

“怎么样？先生，刚才出去的那个黑人说出了一个

① 图阿雷格人中的黑奴穿白衣，即所谓“白衣图阿雷格人”。

名字，塞格海尔-本-谢伊赫，他是个强盗，是个匪徒，是杀害弗拉泰尔斯上校的凶手之一。您知道这一点吗，先生？”

小个子冷冷地打量着我，耸了耸肩。

“当然知道。但这同我有什么关系？”

“怎么！”我吼道，心中大怒，“那您是什么人？”

“先生，”小老头转向莫朗日，带着一种令人发笑的庄严口吻说，“请您证明您同伴的古怪态度。这儿是我的家，我不允许……”

“您得原谅我的同事，先生，”莫朗日上前说，“他不是像您一样的学者。一个年轻的中尉，您知道，容易激动。再说，您应当理解，我们两个没有应有的冷静，还是有些理由的。”

莫朗日的话奇怪得谦卑，我气坏了，正要加以否认，他看了我一眼，原来他的脸上所表现出的嘲讽现在和惊讶同样明显。

“我很知道大多数军官都是粗人，”小老头嘟囔着，“但这不是理由……”

“我本人也只是一名军官，先生，”莫朗日又说，口气越来越谦卑，“如果我曾经为这种身份所包含的精神上的低下感到痛苦的话，我向您发誓，那就是刚才浏览——原谅我的冒失——您关于戈耳工的动人故事的渊博文章，这段故事由迦太基的普罗克莱斯写出，曾经博萨尼亚斯[1]引用过。”

---

① 斯巴达大将，死于公元前470年左右。

一种可笑的惊讶之感使小老头的脸舒展开了。他飞快地擦了擦他的有色眼镜。

“怎么？”他叫起来了。

“很遗憾，关于这个问题，”莫朗日不动声色，继续说道，“我们没掌握这位斯塔提乌斯·塞博苏斯论述那个棘手问题的妙文，我们只知道普林尼的论述，我……”

“您知道斯塔提乌斯·塞博苏斯？”

“我的老师，地质学家贝里欧……”

“您认识贝里欧，您当过他的学生！”佩戴教育勋章的小个子欣喜若狂，结结巴巴地说。

“我曾经有此荣幸。”莫朗日回答道，现在他已经是冷冰冰的了。

“可是，那么，可是，先生，您是否听说过，您是否知道大西岛的问题？”

“的确，我并非不知道拉纽、普洛阿、朱班维尔的阿尔博瓦的研究工作。”莫朗日说，冷若冰霜。

“啊！我的上帝，”小个子陷入最不寻常的激动之中，“先生，我的上尉，我多么高兴，真对不起！……”

这时，门帘又被掀起来了。费拉吉来了。

“先生，他们让我告诉你，如果你们不去，他们就开始了。”

“我去，我去，费拉吉，说我们去。啊！先生，要是我早知道……这可真不寻常，一个军官知道迦太基的普罗克莱斯和朱班维尔的阿尔博瓦。我再一次……但我还是先介绍一下自己吧，艾蒂安·勒麦日先生，大学教师。”

“莫朗日上尉。”我的同伴说。

我上前一步。

“德·圣亚威中尉。我的确很可能将迦太基的阿尔博瓦和朱班维尔的普罗克莱斯混为一谈。我打算今后填补这个空白。眼下，我想知道我们在什么地方，我们是否自由，或者是什么神秘的力量控制着我们。先生，您似乎在这里相当自在，可以对我讲清这一点，我总认为这是至关重要的。”

勒麦日先生看了看我，他的嘴上浮现出一丝相当险恶的微笑。他刚要开口……

正在这时，一阵急促的铃声响起来了。

“等一会儿，先生们，我告诉你们，向你们解释……但是现在，你们看，我们得赶紧了。我们的饭友们开始等烦了。”

“我们的饭友们？”

“他们是两位，”勒麦日先生解释说，“我们三个组成了这里的欧洲人员，固定人员。”他带着令人不安的微笑，认为应该说完整，“两个怪人，先生们，你们肯定希望跟他们尽量少打交道。一位是个神职人员，虽说是新教徒，却思想狭隘；另一位是个堕落的上流社会中人，一个老疯子。”

“对不起，”我问，“昨天夜里我听到的该是他了。他正在坐庄，大概还有您和牧师吧？……”

勒麦日先生的尊严受到了伤害。

“您想得出，先生，还有我，他是和图阿雷格人在赌呢。他教给他们所有想得出的赌法。对了，就是他发疯似的敲铃铛，让我们快点。现在是九点三十分，赌厅十点开门。快点吧。我想你们吃点东西不会不高兴的。”

“我们的确不会拒绝。”莫朗日答道。

我们跟着勒麦日先生进入一条狭长曲折的通道，一步一个台阶。我们在黑暗中走着。但是，每隔一段距离，就有一个依山雕就的小洞，里面有香炉，玫瑰色的小灯发出光亮。动人心魄的东方香气熏染着人影，这与积雪的峭壁发出的冷气形成了鲜明的对比。

我们不时地碰到一个白衣图阿雷格人，一个沉默的、无动于衷的幽灵，随后，我们听见身后的拖鞋声越来越小。

我们来到一座厚重的门前，门上披着我在图书室墙上注意到的那种暗淡的金属，勒麦日先生站住了，开了门，闪开身让我们进去。

尽管我们进来的这间餐厅与欧洲的餐厅很少有相似之处，但我见过的许多欧洲餐厅都会羡慕它的舒适——像图书室一样，有一扇大门照得它通透明亮。但是我意识到餐厅是朝外开的，而图书室却面对处于群山环抱之中的花园。

没有主桌，也没有人们称之为椅子的那种野蛮家具。但有许多像是威尼斯式的涂成金色的木制餐具柜，还有许多色彩柔和的地毯，图阿雷格式的或突尼斯式的；中间铺着一领大席，上面摆着精编的篮子，有盖的长颈银壶里盛满散发着香味的饮料，还有一些铜盆，那些点心只要看一眼就让我们像孩子一样馋涎欲滴。

勒麦日先生上前把我们介绍给已经在席上就座的两位。

“斯帕尔代克先生。”他说，而我从这简简单单的一句话中，知道了他是多么小看人类的那些无用的头衔。

可敬的斯帕尔代克来自曼彻斯特，他以过分讲究的方式向我们致意，请求我们允许他戴着自己的宽檐高礼帽。这是一个冷漠无情的人，又高又瘦。他吃相不雅，吃得很香、很多。

“比埃罗斯基先生。”勒麦日先生把我们介绍给第二位之后说。

“卡西米尔·比埃罗斯基伯爵，基托米尔的哥萨克公选首领。”此人温文尔雅地纠正道，同时站起来跟我们握手。

我立刻就感到对这位基托米尔的哥萨克公选首领怀有某种好感，他是那种“老来俏”的完美典型：一条缝将他的咖啡色的头发分开（后来我才知道公选首领用眉墨熬出的颜色染发）；他蓄有弗朗索瓦-约瑟夫式的漂亮颊髯，也是咖啡色的；当然，鼻子是有些发红，但是那么小巧，那么高贵；一双手美极了；伯爵的衣服属于哪个时代，倒叫我费了一番工夫，暗绿色，黄色的贴边，缀有一枚巨大的银质和蓝色珐琅的高级荣誉团勋章。我想起了德·莫尔尼公爵的一幅肖像，这使我将其定在1830年或1862年。故事的下文将表明我的判断大致不差。

伯爵让我坐在他身边。他向我提出的第一批问题之一，就是我是否抽五点。

“这要看灵感。”我答道。

“说得好。我从1866年以后就不再抽五点了。一句誓言，一次小过失。有一次，在瓦留斯基[1]家里，这是一次大赌。我抽了五点——当然，头开得不错——那个人抽了个四点。'笨蛋！'那个小男爵德·肖-吉索朝我喊道，他在我的桌子上下了一笔令人咋舌的大赌注。啪！我朝他的脑袋扔过去一瓶香槟酒。他头一低，酒瓶打着了瓦扬元帅[2]。那个场面！事情还是解决了，因为我们俩都是共济会的会员。皇帝让我发誓再也不抽五点了。我信守诺言，可有时候真难受，真难受啊。"

他又以充满着忧郁的语气说：

"来一点这1880年的霍加尔酒，极好的葡萄酒，是我教会了本地人利用葡萄汁。棕榈酒，要是发酵得合适，还是不错的，但时间久了，就没味了。"

这1880年的霍加尔很有劲儿。我们用大银杯品尝着，它像莱茵酒一样清凉，像乡间的酒一样冲。随后，突然令人想起葡萄牙的有焦味的酒，有一股甜味，水果味，真是好酒，我跟你说。

这酒是午餐中的精华，大家喝得很多。的确，肉很少，但调料很好。点心很多：蜜汁煎饼、香味炸糕、奶糖和椰枣糖。尤其是镀金的大银盘里和柳条筐里的水果，十分丰富：无花果、椰枣、黄连果、枣子、石榴、杏、葡萄。大串的葡萄，比压弯了沙那昂地方的希伯来骑兵的肩膀的葡萄串还要长[3]。还有切开两半的大西瓜，肉红而多

① 法国政治家（1810—1868）。

② 法国军人（1790—1872）。

③ 典出《圣经》。

汁，一圈黑色的籽仁。

在这些冰凉的美味水果中，我刚尝了一种，勒麦日先生就站起来了。

“先生们，请。”他对莫朗日和我说。

“你们尽可能早地离开这个啰啰唆唆的家伙吧，”基托米尔的哥萨克公选首领悄悄对我说，“赌博就要开始了。你们看吧，你们看吧。比在科拉·比尔[1]的输赢大多了。”

“先生们。”勒麦日先生用干巴巴的口气重复道。

我们跟着他出去了，后来我们又回到了图书室。

“先生，”他对我说，“您刚才问我是什么神秘的力量把你们囚禁在此地。您的态度是具有威胁性的，要不是因为您的朋友，他的学问使他比您更能估量我将向你们透露的价值，我本来会拒绝听命的。”

他说着，按了按墙壁上的一个机关。一个柜子出现了，装满了书，他从中取出一本。

“你们两个，”勒麦日先生说，“都在一个女人的力量的控制之下。这个女人是女王，女苏丹，是霍加尔的绝对君主，她叫昂蒂内阿。别跳，莫朗日先生，您终究会明白的。”

他打开书，念了下面一段话：

在开始之前，我应该首先告诉你们，听到我用希腊的名字称呼野蛮人，你们不要感到惊讶。

① 巴黎的一个著名赌场。

“这是什么书？”莫朗日结结巴巴地问，这时，他灰白的脸色让我感到害怕。

“这本书，”勒麦日先生带着一种不寻常的得意表情，斟酌着字句，慢悠悠地回答道，“是柏拉图的一篇最伟大、最美、最神秘的对话，是《克里提阿斯》或者《大西岛》。”

“《克里提阿斯》？可它是未完成的啊。”莫朗日喃喃地说道。

“它在法国，在欧洲，在世界各地是未完成的，”勒麦日先生说，“可是在这里，它是完成了的。您检查一下我递给您的这一本吧。”

“可是有什么联系？”莫朗日一边说，一边贪婪地翻阅着那本手稿，“这篇对话像是完整的，是的，是完整的，但和这个女人，昂蒂内阿，有什么联系？为什么在她手中？”

“因为，”小个子不动声色地回答道，“因为这本书证明了这个女人的高贵，在某种意义上说，这是她的《哥达年鉴》[1]，明白吗？因为它建立了她的非凡的家谱，因为她是……”

“因为她是？”莫朗日重复道。

“因为她是尼普顿[2]的孙女，大西岛人的最后一位后裔。”

---

① 《哥达年鉴》建立了欧洲各大贵族家族的谱系，从1764年开始，一直出版到1945年。

② 罗马神话中的海神。

第九章　大西岛

勒麦日先生胜利地望着莫朗日。显而易见，他只对他一个人说话，他认为只有他才当得起他的秘密。

“先生，”他说，“被我们的君主昂蒂内阿的一时的兴致引来此地的法国军官和外国军官为数很多。您是有幸听到我披露真情的第一个人。但您曾经是贝里欧的学生，我是如此怀念这位伟大的人物，以至于我觉得，将我的我敢说是独特研究的无与伦比的成果告知他的一位弟子，就是向他表示了敬意。”

他摇了摇铃，费拉吉出现了。

“给这些先生们上咖啡！”勒麦日先生命令道。

他递给我们一个色彩鲜艳的盒子，里面装满了埃及香烟。

“我从不抽烟，”他说，“但昂蒂内阿有时候来这里。这些香烟是她的。请用吧，先生们。”

我一向讨厌这种黄烟草，它竟使米肖迪埃街上的一家理发店的一个小伙计自以为体验到了东方的快乐。但是现在，这些具有麝香香味的香烟并非没有吸引力。再说，我的质量一般的香烟早就抽完了。

“这是《巴黎生活》的合订本，先生，”勒麦日先生对我说，“如果您有兴趣就看吧，我要跟您的朋友聊聊。”

“先生，”我语气相当激烈地说，“诚然，我不曾做过贝里欧的学生。不过，还是请您允许我聆听你们的谈话吧，我还没有失去感兴趣的希望。”

“悉听尊便。”小老头说。

我们舒舒服服地坐下了。勒麦日先生在桌子后面坐下，挽起了袖子，开始说道：

“先生，不管我在学问方面是多么醉心于完全的客观，我也不能把我自己的历史从克里托和尼普顿的最后一位后裔的历史中游离出来。这既是我的遗憾，也是我的荣幸。

“我是依靠自己的努力而成功的人。从童年起，十九世纪所给予历史科学的巨大推动力就使我感到震惊。我看清了我的道路，我不顾一切地走上了这条路。

“是不顾一切，我说得很清楚。在1880年的考试中，我完全靠自己的工作和长处获得了历史和地理的教师资格。那是一次大考，通过的十三个人中，有几位后来是很有名的：于连①、布若阿②、奥尔巴赫③……我并不怨恨我的那些登上官方荣誉顶峰的同事们；我以怜悯的心情阅读他们的论文，那些由于资料不足而不可避免的可悲的错误极大地补偿了我在教学生涯中所感到的失望；如果说长期以来我摆脱不了这种虚荣心的满足，那是因为他们的谬误使我心中充满了具有嘲讽意味的快乐。

“我原是里昂的帕克中学的教师，我是在那儿认识

① 法国历史学家（1859—1933）。

② 法国学者（1857—1945）。

③ 不详。

贝里欧的，我热切地关心着他有关非洲历史的研究工作。从那时起，我就想写一篇具有独创性的博士论文。主题是关于在反对阿拉伯入侵者的十二世纪柏柏尔女英雄卡赫娜和反对英国入侵者的法国女英雄贞德之间进行对比。我向巴黎大学文学系提出了论文的题目：贞德和图阿雷格人。单这题目就在学术界引起了一场轩然大波和一阵愚蠢的哄笑。朋友们私下里提醒我，我拒绝相信他们。结果，有一天，校长把我叫了去，先是对我的身体状况表示出一种令我惊奇的关心，最后问我是否乐意带半薪去休假两年。我愤怒地拒绝了。

“校长并不坚持，但是，半个月之后，部里的一纸决定毫不客气地将我流放到蒙德马桑[①]的一所法国最小的、最偏僻的中学里去。

“您要知道我患有胃溃疡，请您原谅我在这个偏远的省份中的行为。在朗德，不吃不喝，又能干什么？我是又吃又喝，劲头儿十足。我的疗法是吃肥鹅肝、山鹬，喝葡萄酒，见效相当快。不到一年，我的关节开始格格作响了，就像一辆自行车在尘土飞扬的路上跑长途，而轮毂又上了太多的油一样。好一阵痛风发作，使我卧床不起。幸亏在这有福之地，药和病比肩而立。于是，我到达克斯去度假，打算化掉这些令人痛苦的小石头。

“我在阿杜尔河畔租了间屋子，临着浴者街。一个诚实的女人来给我做家务，她也给另一位老先生做家务。老先生是个退休的预审法官，罗歇-杜科协会的主席。这

① 法国西南部城市，在朗德省。

协会是个研究科学的大杂烩，一些本地学者以一种惊人的外行致力于研究一些最古怪的问题。一天下午，由于下大雨我没有出去。那个女人正起劲地擦着门的铜插销。她使用一种叫作硅藻土的糊状物，摊在一张纸上，她擦呀，擦呀……那纸的样子很特别，使我感到奇怪。我看了一眼：‘天哪！您从哪儿拿的这纸？’她慌了：‘在我的主人那儿，这样的纸那儿一堆一堆的。这一张我是从一个本子上撕下来的。’‘这是十法郎，去把那个本子给我找来。’

“一刻钟以后，她回来了，给我带来了那个本子。真是万幸！只少一页，就是她用来擦门的那一页。那部手稿，那个本子，您知道是什么吗？原来就是《大西岛之行》，神话学家米莱的德尼斯所作，狄奥多曾经引述过，我常常听见贝里欧悲叹它的失传。

“这份不可估量的材料中包含着许多《克里提阿斯》的引文。它引述了这篇著名对话的主要部分，您刚才手里拿的就是这篇对话世上仅存在唯一文本。它不容争辩地确定了大西岛人的城堡的位置，指明了这个为当代科学所否认的地方未曾被海浪淹没，而为数不多的胆怯的大西岛假说的捍卫者正是这样设想的。它称这地方为‘马吉斯中央高原’。您知道希罗多德所说的马吉斯人正是伊莫沙奥奇的居民图阿雷格人，这已是毫无疑问的了。德尼斯的手稿无可辩驳地考证出历史上的马吉斯人就是所谓传说中的大西岛人。

“德尼斯告诉我，大西岛的中央部分，尼普顿王朝的摇篮和所在地，非但没有在柏拉图所说的吞没了大西岛的灾难中沉没，而且还与图阿雷格人的霍加尔高原相一致，

在这个霍加尔高原上，至少在他那个时候，高贵的尼普顿王朝还被认为是万世长存的。

“研究大西岛的历史学家们认为，全部或部分地毁灭这个著名地方的灾难发生在公元前九千年。米莱的德尼斯写作的时代距今不过两千年，如果他认为在他那个时候，起自尼普顿的王朝还在当令之时，您会想到我很快就会有下面的想法，能够存在九百年的也能存在一千年。从这时起，我就只有一个目标了：与大西岛人在世的后代们接触，如果，他们已经衰败（我有许多理由相信这一点），不知道他们早年的荣耀，那就向他们披露他们的辉煌谱系。

“同样可以理解，我没有把我的意图告诉我的教育界的上级。鉴于我已经能够证实的他们对我所采取的态度，请求他们的帮助，甚至请求他们的允许，那简直是白白地去冒进疯人院的风险。于是，我取出了自己微薄的积蓄，不声不响地去了奥兰[①]。十月一日，我到了艾因-萨拉赫。我懒洋洋地躺在绿洲中的一棵棕榈树下，无限快乐地遐想着。同一天，蒙德马桑的公立男子中学校长惊慌失措，艰难地摆弄着二十个在空教室门前吼叫的可怕的孩子，向各地发电寻找他的历史教师。”

勒麦日先生停下了，向我们投来满意的一瞥。

我承认我那时缺乏尊严，也忘了他不断地做出样子，表示他这样卖力气只是为了莫朗日。

“先生，如果我对您的叙述比我料想的要感兴趣，那

① 阿尔及利亚城市。

就请多谅解吧。但是您知道，要理解您的话，我还缺少许多东西。您谈到了尼普顿王朝，我想，您是把昂蒂内阿作为这个王朝的后代，那这个王朝是怎么回事？它在大西岛的历史中的作用如何？”

勒麦日先生高傲地笑了笑，还朝着莫朗日挤了挤眼。莫朗日在听着，下巴托在手里，胳膊肘支在膝上，一言不发，连眉毛都不动一动。

“柏拉图将替我回答您。”教授说。

他又以一种不可言状的怜悯口气补充道：

“难道这是可能的吗，您居然不知道《克里提阿斯》的开头？”

他从桌上拿起那份使莫朗日激动万分的手稿，顿时，这个可笑的小老头精神大振，容光焕发，好像中了柏拉图的魔法。他正了正眼镜，朗读起来：

> 神祇们抽签分配大地的不同部分，一些神得到的地方大一些，另一些神得到的地方小一些……尼普顿就这样分得了大西岛，他把他与一个凡人生的孩子们放在这个岛的一个地方。那是一块平原，离海不远，位于岛的中部，人们说那是一块最美丽最肥沃的平原。在距平原五十斯塔德[①]的地方，在岛的中部有一座山。那里住着埃维诺和他的妻子洛西波，他是万物初始生于大地的那些人中的一个。他们有一个独生女，叫克里托。她到了结婚年龄的时候，她的父亲和

① 古罗马长度单位，约合180米。

母亲死去了；尼普顿爱上了她，娶了她。她居住的那座山，尼普顿将其加固，与四面八方隔绝起来。他做成了几圈大海和几圈陆地，彼此相间，有的宽些，有的窄些。陆地有两圈，大海有三圈，围着岛的中部，每个圆圈的任何一点到中心的距离都相等……

勒麦日先生念到此处停止了。

“这样的布局对你们没有什么启发吗？”他问道。

我看了看莫朗日，他陷入越来越深的思考之中。

“对你们什么启发也没有？”教授以尖锐的语气再次问道。

“莫朗日，莫朗日，”我结结巴巴地说，“您想想，昨天，我们的奔跑，我们被绑架，在到达这座山之前他们带我们穿过的两条通道……‘几圈陆地，几圈大海’……两条通道，就是两圈陆地……”

“唉！唉！”勒麦日先生叫道。

他望着我，微微一笑。我明白他微笑的意思：“他不像我认为的那么迟钝吗？”

莫朗日费了好大的力气，才打破了沉默。

“我知道，我知道……三圈大海……但是先生，您在解释中，我不否认这解释的独创性，您在解释中认为撒哈拉海的假说是正确的！”

“我认为它是正确的，我还要证明它是正确的，”暴躁的小老头回答道，“我知道希尔梅他们的反驳是什么。我比您知道得清楚。我什么都知道，先生。我要向您提出一切证据。等一会儿吃晚饭的时候，您肯定会享受到美味的鱼。这些鱼是从湖里捕到的，您可以从这扇窗户看见这个湖，您那时再跟我说说您是否觉得这是淡水鱼。”

“您要明白那些相信大西岛存在的人们的错误是什么，”他接着说，稍显平静了一些，“他们想要解释那场灾难，他们断定这个美妙的海岛在那场灾难中完全沉没了。他们都相信海水吞没了岛屿。实际上，没有过淹没，有的是‘浮现’。新的土地从大西洋的海浪中浮现出来，沙漠取代了海洋。咸水湖、岩盐矿、特里顿湖、大流沙，这就是昔日远征阿提喀的舰队航行其上的汹涌海浪的遗迹。要吞没一种文明，沙子更甚于水。今天，在这个海和风使之骄傲和碧绿的美丽岛屿上，只剩下了遍布石灰岩的高原。只是在这个多石的、与世隔绝的盆地中，还存在着您脚下这片美妙的绿洲，这些红色的果实，这挂瀑布，这口蓝色的湖。这都是逝去的黄金时代的神圣见证。昨天晚上，您到这儿来的时候穿过了五个圆圈：三圈永远干涸的大海，两圈陆地；中间挖了一条通道，您骑着骆驼经过的就是。那儿，昔日曾有三层桨的战船游弋。在这场巨大的灾难中，保持着昔日荣耀的只有这座山，尼普顿把他心爱的克里托关在里面的这座山，她是埃维诺和洛西波的女儿，阿特拉斯的母亲，你们将永远受其支配的君主昂蒂内阿的远祖。”

“先生，”莫朗日极其文雅地说，“我们想要了解这种支配的理由和目的，这是很自然的。但是，请看我对于您的披露是多么感兴趣，我把这个个人的问题往后放一放。这几天，在两个山洞里，我有机会发现了昂蒂内阿这个名字的图拉雷格铭文。我的同事可以作证，我当时认为

它是一个希腊名字。由于您和神圣的柏拉图，我现在知道不该为听到用希腊名字称呼一个野蛮人而感到惊奇。但是我对于这个词的起源的惶惑并未因此而减少。您能在这个问题上给我以启发吗？”

“先生，”勒麦日先生回答道，“我肯定是要讲的。我还要告诉您，您并不是向我提出这类问题的第一个人。在我十年来看见进入此地的探险家当中，大多数是以同样的方式被吸引来的，他们对这个被写成图阿雷格文的希腊单词感到震惊。我甚至给这些铭文和可以看到它们的洞穴编了一份相当准确的目录。所有或几乎所有这些铭文都伴有这句话：‘昂蒂内阿，这里开始了她的统治。’我自己甚至让人用赭石写了一些，它们已经开始消失了。但是，话又说回来，被这神秘的铭文引到此地的欧洲人中，没有一个在进入昂蒂内阿的宫中之后，还想到要弄明白这个词的词源。他们的脑子里立刻有了别的烦恼。这说明，甚至对一个学者来说，纯科学的研究也是很少有实际的重要性的，我们可以好好地谈谈，他们是多么快地为了最实际的担心，例如他们的生命，而牺牲了科学研究啊。”

“我们下次再谈这个问题，您愿意吗，先生？”莫朗日一直是彬彬有礼的。

“我的离题只有一个目的，先生，向您证明我没有把您列入那些名不符实的学者之列。您确实是想知道昂蒂内阿这个名字的来源，而不是首先想知道拥有这个名字的人是个什么样的女人，或您和这位先生为什么成了她的俘虏。”

我盯着小老头，可是他说得一本正经。

“便宜了你，”我想，“否则，我早就把你从窗户扔出去了，让你自由自在地去嘲笑。在霍加尔，万有引力定律大概不会被改变的。”

“先生，”在我的火辣辣的目光下，勒麦日先生镇定如初，继续对莫朗日说，“当您第一次看见‘昂蒂内阿’这名字的时候，您肯定也假设了几种来源。您觉得告诉我有什么不便吗？”

“丝毫没有。”莫朗日说。

他郑重其事地列举了我前面说过的那几种来源。

戴樱桃色硬胸的小个子连连搓手。

“很好，”他以一种兴高采烈的口吻说，“非常好，至少是对您的贫乏的希腊学知识来说是这样。然而，尽管如此，这一切仍然是错误的，极其错误的。”

“我已经料想到了，所以才请教您。”莫朗日毕恭毕敬地说。

“我不让您着急了，”勒麦日先生说，“‘昂蒂内阿’（Antinéa）这个词可以这样分解：‘蒂’（ti）这个字只不过是在这个基本上是希腊词的词中插进了一个柏柏尔字罢了：‘蒂’（ti）是柏柏尔语的阴性冠词。这种混合我们有好几个例子，例如北非城市蒂巴萨（Tipasa）。这个名字的意思是‘全部’，用‘蒂’（ti）和‘巴萨’（πᾶσα）来表示。我们的这个词，‘蒂内阿’（tinea）的意思是‘新的’，用‘蒂’（ti）和‘内阿’（νέα）来表示。”

“那么前缀‘昂’（an）呢？”莫朗日问。

“先生，”勒麦日先生顶了他一句，“难道我刚才

费了一个钟头的力气给您讲了《克里提阿斯》就得到了这样蹩脚的结果吗？毫无疑问，前缀‘昂’（an）本身并没有意义。要是我跟您讲了这里的一种尾音节省略的奇怪现象，您就会明白它的意思了。不应念作‘昂’（an），而应该念作‘阿特朗’（atlan）。由于尾音节省略，atl脱落了，剩下了an。总之，‘昂蒂内阿’这个词是这样构成的：Ti-νέα-ατλ，an。它的意思，新大西岛人（lanouveue Atlante），就从这个证明中光彩夺目地出来了。”

我看了看莫朗日，他的惊讶是无法形容的。这个柏柏尔语的前缀‘蒂’（ti）真把他惊呆了。

“您曾经有机会验证这个非常巧妙的词源吗，先生？”他只能说出这样一句话来。

“您只消看看这几本书就行了。”勒麦日先生不胜轻蔑地说。

他接连打开了五个、十个、二十个壁橱，我们看到了一大套令人惊讶的图书。

“什么都有，什么都有，这儿什么都有啊。”莫朗日喃喃地说，又惊又骇，连声赞叹。

“至少是值得一读的都有，”勒麦日先生说，“所有号称博学的人们慨叹已经散失的伟大著作这里都有。”

“它们怎么到了这里？”

“亲爱的先生，您多么让我伤心啊，我原以为您知道点东西呢！您忘了老普林尼谈到迦太基图书馆和其中所藏的珍宝的那一段吗？公元146年，这座城市在无赖西庇阿的打击下投降了，罗马元老院的那帮文盲对这笔财富表示了极大的轻蔑，把它送给了一些土著国王。这样，马斯塔那巴就得到了这笔绝妙的遗产，传给了他的儿孙们，耶姆萨、朱巴一世、朱巴二世。朱巴二世是伟大的克娄巴特拉和马克–安东尼的女儿、了不起的克娄巴特拉·塞雷内的丈夫。克娄巴特拉·塞雷内生了一个女儿，嫁给了一个大西岛人国王。这样，尼普顿的女儿昂蒂内阿的先辈中就有了永恒的埃及女王[①]。这样，由于她的继承权，迦太基图书馆的遗物，再加上亚历山大图书馆的遗物，现在就到了您的眼下。

“科学逃避人类。正当人类在柏林、伦敦、巴黎建立丑恶的伪科学的巴别塔的时候，真正的科学却流落到霍加尔的这个荒凉角落里来了。他们尽可以在那边以古代的神秘著作遗失了作为根据来编造他们的假说，不过，这些著作没有散失，它们在这里。这里有希伯来文、迦勒底文、亚述文的著作，有启发过索隆、希罗多德和柏拉图的伟大的埃及传统，这里有希腊的神话学家、罗马非洲的魔术师、印度的梦幻者……一句话，有所有的珍宝。缺了它们，就使得当今的论文成了一些既可怜又可笑的东西。请相信我，那个被他们看作疯子而瞧不起的卑微的小教员着实报了仇。在他们支离破碎的假学问面前，我已经笑过，我现在在笑，我将来还要不断地大笑。当我死了的时候，那些谬误，由于尼普顿为隔绝他心爱的克里托所精心采取的防范措施，那些谬误还将继续在他们可悲的著作中称王称霸。”

“先生，”莫朗日严肃地说，“您刚才肯定了埃及对

① 即克娄巴特拉，古代著名美人。

这里的文明的影响。为了某种理由，这我将来可能有机会向您解释，我坚持要您拿出这种渗入的证据来。”

“这不要紧。”勒麦日先生说。

于是，我走上前去。

“请听我说两句，先生，”我粗暴地说，“我并不隐瞒，我认为这种历史的讨论是绝对不适宜的。如果您对自己的教学生涯感到失望，如果您今天没有进入法兰西学士院或别的什么地方，这并不怪我。现在，与我有关的只是一件事：知道我们在干什么，我在干什么。她的名字来源于希腊语还是柏柏尔语，我不管，我想知道的是这位昂蒂内阿女士究竟要拿我怎么样。我的同事想知道她和古埃及的关系，这很好。至于我，我尤其想明确的是她与阿尔及利亚总督府以及阿拉伯局的关系。”

勒麦日先生尖声笑了起来。

“我来给你们一个回答，将使两位都满意。”他回答道。

“跟我来。你们也该知道了。”

第十章　红石厅

我们跟着勒麦日先生，又走过了一段无休无止的台阶和通道。

“在这个迷宫里，人们丧失了一切方向感。”我悄悄地对莫朗日说。

“人们丧失的尤其是理智，”我的同伴低声回答道，“毋庸置疑，这个老疯子非常有学问，但是天知道他要怎么样。反正，他答应让我们很快就知道。”

勒麦日先生在一座沉重的黑色大门前停下了，那上面镶着许多奇怪的符号。他拧了拧锁，打开了门。

“请，先生们，”他说，“进去吧。”

一股冷气直扑到我们脸上。在我们刚刚进来的这座大厅里，温度像在真正的地窖里一样。

由于黑暗，我一开始估量不出大厅的大小。有意限制的照明是十二个巨大的铜灯，在地上摆了一排，闪动着红色的大火苗。我们进去的时候，走廊里的风吹动了火苗，使我们奇形怪状的大影子在周围摇晃了一会儿。随后，风止了，火苗重新变直，又在黑暗中伸出了它们红色的尖嘴。

这十二盏巨灯（每盏高三米左右）排成环状，其直径至少有五十尺。环的中央，有一个黑糊糊的东西，上面满是一缕缕红色的反光。等我走近了，才看清楚那是一个喷泉。我刚才说的温度就是由这股清凉的水来保持的。

中央一块山石，低语着的泉水从石下喷涌而出，石上依势雕出许多宽大的座位，铺着柔软的坐垫。十二个香炉在红色火把中间排成了另一个环，直径约有大环的一半。黑暗中看不见它飘向穹顶的轻烟，但那令人迷醉的香气，再加上泉水的清凉和声响，却使人摒除杂念，一心只想待在那里，永远待在那里。

勒麦日先生让我们坐在大厅中央的大椅子上，他自己也在我们中间落了座。

“过一会儿，”他说，“你们的眼睛就对这黑暗适应了。”

我注意到，他说话的声音很低，就像置身于一座庙宇中一样。

果然，我的眼睛渐渐适应那红色的光亮了。大厅差不多只有下半部分被照亮。

整个穹顶被笼罩在黑暗中，说不出有多高。我模模糊糊地看见头上一座大吊灯，阴沉的红光舔着它金色的表面，舔着其余的一切。但是，无论如何也估量不出在黑暗的穹顶上吊着它的链子到底有多长。铺面的大理石质地细腻光滑，反射着大火把的光亮。

这座大厅，我再说一遍，是圆形的，我们背对着的泉水正处在中心。

因此，我们面对的是圆形的墙壁。很快，我们的目光就被吸引住了。那墙上一线排着许多壁龛，那条黑线被我们刚才进来的那座门隔断，在我们身后，又被另一座门隔断。这座门只是我回头时，在黑暗中影影绰绰感到的一个黑洞。两座门之间，我数了数，有六十个壁龛，也就是说，一共有一百二十个。每个壁龛高三米，宽一米，其中有一个盒子状的东西，上宽下窄，只是下面才关着。在这些盒子里，除了我面对着的两个之外，我分辨出一个发亮的轮廓，无疑是人形，好像是某种用浅色青铜铸成的人像样的东西。在我面前的圆弧上，我清楚地数出三十具这种奇怪的人像。

这些像是什么？我想看看，就站了起来。

勒麦日先生的手放到了我的胳膊上。

“等一会儿，”他轻轻地说，声音始终很低，“等一会儿。”

教授的目光盯着我们进来的那座门，门后有脚步声传来，越来越清晰。

门无声地开了，进来三个白衣图阿雷格人。其中两个肩上抬着一个长包裹，第三个似乎是个头头。

根据他的指示，他们把包裹放在地上，从一个壁龛中拉出一个长方形的盒子。每个壁龛中都有一个这样的盒子。

“你们可以走近些，先生们。”这时，勒麦日先生对我们说。

根据他的示意，三个图阿雷格人后退了几步。

“您刚才要我，”勒麦日先生对莫朗日说，“给一个关于埃及对这个国家的影响的证据。首先，您对这个盒子有什么看法？”

他一边说一边指着仆人们刚从壁龛中拿下来放倒在地上的盒子。

莫朗日发出了一声低沉的惊呼。

我们面前的是一种保存木乃伊的盒子。同样是发亮的木头，同样涂着色彩鲜艳的漆，唯一的区别是，图阿雷格文代替了象形文字。本来，单是那上宽下窄的形状就会立刻告诉我们的。

我已经说过，这个大盒子的下半部分是关着的，使得整个大盒子像个长方形的木鞋。

勒麦日先生跪下，在盒子的前面放上一方白纸板，一个大标签，那是他离开图书室时从桌子上拿的。

“你们可以读一读。”他淡淡地说，但声音仍然很低。

我也跪下了，因为灯光刚刚够让人看清楚标签，我还是认出了教授的笔迹。

那上面只有这么简单的几个字，用粗大的圆体字写成：

53号，阿奇博尔德·罗素少校阁下

1860年生于里奇蒙

1896年12月3日死于霍加尔

“罗素少校！”我喊了起来。

“轻一点，轻一点，”勒麦日先生说，“谁也没有权力在这里大声说话。”

“罗素少校，”我说，不得不服从这个命令，“就是去年从喀土穆出发去考察索科托的那个罗素少校吗？”

“正是他。”教授回答说。

“那……罗素少校在哪儿？”

"他在这儿。"

教授示意，白衣图阿雷格人走近了。

神秘的大厅中一片令人心碎的沉寂，只有泉水发出清亮的汩汩声。

三个黑人开始打开他们进来后放在彩绘的盒子旁边的那个包裹，莫朗日和我弯着腰，怀着一种不可名状的恐惧在看着。

很快，一个僵硬的东西，一个人形的东西，出现在我们面前。它上面闪烁着一片红光。我们看到的是一尊塑像躺在地上，裹着一种白绸缠腰布似的东西，一尊浅色青铜的塑像，与我们周围壁龛里的那些塑像相似，它们直挺挺的，好像是用一种深不可测的目光凝视着我们。

"阿奇博尔德·罗素少校阁下。"勒麦日先生缓缓地低声说。

莫朗日不说话，走过去，大胆地揭开了绸子面罩。他久久地、久久地凝视着那颜色暗淡的塑像。

"一具木乃伊，一具木乃伊，"他终于说道，"您弄错了，先生，这不是一具木乃伊。"

"不，确切地说，这不是一具木乃伊，"勒麦日先生说，"但是您看到的的确是阿奇博尔德·罗素阁下的遗体。的确，我应该，亲爱的先生，让您注意到，为了昂蒂内阿而采用的保存尸体的方法与古埃及采用的方法是不同的。在这里，不用泡碱，不用头带，不用香料。一眼就可以看出，霍加尔的方法达到了欧洲科学经过长期摸索才获得的效果。当我来到这里的时候，我看到他们使用一种我以为只有文明世界才知道的方法，真是感到万分惊讶。"

勒麦日先生弯起食指，在阿奇博尔德·罗素阁下发暗的额上轻轻敲了一下，发出了一阵金属的响声。

“这是青铜，”我小声说，“这不是人的额头，这是青铜。”

勒麦日先生耸了耸肩膀。

“这是人的额头，”他斩钉截铁地说，“这不是青铜。青铜的颜色更深，先生。这种金属是柏拉图在《克里提阿斯》中谈过的那种不为人知的伟大金属，介于金和银之间，是大西岛山中的特殊金属。这是希腊铜[1]。”

我凑近一看，发现这种金属跟图书室墙上覆盖的那种金属一样。

“这是希腊铜，”勒麦日先生继续说，“您好像不明白一具人体怎么能变成一具希腊铜的铸像。莫朗日上尉，怎么搞的，我是相信您有点学问的，您从来也没听说过瓦里欧博士的那种不涂香料的保存尸体的方法吗？您从未读过这位医生的那本书吗？他在书中叙述了叫作电镀法的那种方法。在皮肤组织上涂一层银盐，使其成为导体，然后把尸体浸入硫酸铜溶液，通过极化最后完成。使这位可敬的英国少校的尸体金属化的方法就是这种方法。所不同的，就是用硫酸希腊铜，这种材料是非常稀少的，取代了硫酸铜。因此，您看到的不是一尊穷人的铸像，一尊铜铸像，而是一尊比金和银更为珍贵的金属铸像，一句话，一尊无愧于尼普顿的孙女的铸像。”

勒麦日先生示意，黑奴们抓起尸体，一会儿工夫就

① 希腊传说中的一种金属。

放进那个彩绘的木盒子里了。然后把它竖起来，放在壁龛内，旁边的那个壁龛中也有个完全一样的盒子，标签上写着52号。

他们的任务完成了，就一声不响地退下了。死亡的冷气再次吹动了铜灯的火苗，使巨大的影子在我们周围晃动不已。

我和莫朗日像包围着我们的那些金属幽灵一样呆立不动。突然，我鼓了鼓劲，跌跌撞撞地走近他们刚刚放入英国少校遗体的壁龛旁边的那个壁龛。我寻找着标签，写有52号的标签。

我扶着红色大理石的墙壁，读到：

52号，罗朗·德利涅上尉

1861年7月22日生于巴黎

1896年10月20日死于霍加尔

“德利涅上尉，”莫朗日喃喃地说道，“1895年从哥伦布—贝沙尔出发到提米门，后来杳无音讯！”

“正是。”勒麦日先生说，微微点了点头。

“51号，”莫朗日念道，牙齿咬得咯咯响，“冯·韦特曼上校，1855年生于耶拿，1896年5月1日死于霍加尔。韦特曼上校，卡奈姆的探险家，在阿加德斯一带失踪！”

“正是。”勒麦日先生说。

“50号，”我又念道，两手紧紧抓着墙，免得跌倒，“阿隆兹·德·奥里维拉侯爵，1868年2月21日生于卡迪克斯，1896年2月1日……奥里维拉，他是去阿拉旺的呀！”

“正是，”勒麦日先生说，“这个西班牙人是最有学问的一个，我跟他就安泰王国[①]的准确地理位置进行过很有趣的讨论。”

“49号，”莫朗日喘着粗气说，“伍德豪斯中尉，1870年生于利物浦，1895年10月4日死于霍加尔。”

“差不多还是个孩子。”勒麦日先生说。

“48号，”我念道，“路易·德·马依佛少尉，生于普罗万斯……”

我念不下去了，激动得说不出话来。

路易·德·马依佛，我最好的朋友，我童年时代的朋友，在圣西尔，到处……我望着他，我在那层金属下面认出了他。路易·德·马依佛！……

我的额头抵着墙壁，肩膀不住地抽动，号啕大哭起来。

“先生，这个场面够长的了，结束吧。”

“他想要知道，”勒麦日先生说，“我有什么办法？”

我冲着他走去，抓住了他的肩膀。

“他怎么来这儿的？他怎么死的？”

“像其他人一样，”教授回答道，“像伍德豪斯中尉，像德利涅上尉，像罗素少校，像冯·韦特曼上校，像昨日的四十七位，像来日的所有那些人。”

“他们死于何故？”莫朗日用命令的口气问道。

“他们死于何故，先生？他们死于爱情。”

接着，他又以极严肃极低沉的口吻说：“现在你们知

① 希腊神话中的巨人族。

道了。”

慢慢地，以一种我们几乎察觉不到的谨慎方式，勒麦日先生把我们的目光从那些金属人像上引开。过了一会儿，我和莫朗日又坐在——还不如说瘫在——大厅中央的坐垫上了。看不见的流泉在我们脚下低声呻吟着。

勒麦日先生坐在我们中间。

“现在，你们知道了，”他说，“你们知道了，但你们还没有明白。”

这时，他缓缓地说道：

“你们和他们一样是昂蒂内阿的俘虏……她想要复仇。”

“复仇，”莫朗日说，他已经恢复了平静，“为什么，请问？中尉和我，我们对大西岛做了什么？我们在什么事情上引起了她的仇恨？”

“这是一桩古老的、非常古老的纠纷，”教授严肃地回答道，“一桩您不能理解的纠纷，莫朗日先生。”

“请您说清楚，教授先生。”

“你们是男人，她是女人，”勒麦日先生出神地说，“一切问题都在这儿。”

“的确，先生，我不懂……我们不明白。”

“你们会明白的。你们难道真的忘记了，古代那些蛮族的美丽女王是多么怨恨那些被命运推到她们的海岸上去的外国人吗？诗人维克多·雨果在他的描写殖民地的《塔希提姑娘》一诗中充分展现了他们的可恶行为。不管回忆把我们带到多么久远的年代，我们见到的只是一些类似的白吃白喝忘恩负义的行为。这些先生们大肆利用这些女士

们的美貌和财富。然后，一个早上，他们突然无影无踪了。如果某君细心地测定了位置，却没有带着战船和军队前来占领，她还算是幸福的呢。”

“您的博学真让我高兴，先生，”莫朗日说，“请往下说。”

“要给你们举例吗？唉，俯拾皆是。您想想尤利西斯对待加里普索[①]，狄俄墨得斯对待卡利洛厄[②]的轻薄态度吧。忒修斯对亚里亚娜又怎么说呢[③]？伊阿宋对美狄亚的薄情是不可想象的[④]。罗马人继承了这一传统，而且更加粗暴。伊尼斯，他与可敬的斯帕尔代克有许多共同点，对待狄多的态度是最卑鄙的。[⑤]恺撒对待神圣的克娄巴特拉粗鲁至极。[⑥]最后还有提特，这个伪君子提丢斯，靠着可怜的贝雷尼斯在伊杜美整整住了一年，他把她带到罗马只是为了变本加厉地讥笑她。[⑦]雅弗的儿子们欺侮闪的女儿

---

① 希腊神话中，尤利西斯从特洛伊归国途中，曾被俄古癸亚岛的女神加里普索囚困十年。

② 前者为特洛伊战争中的希腊大英雄，后者为河神的女儿。“轻薄”之说，其事未详。

③ 希腊神话中，忒修斯得情人亚里亚娜帮助斩杀牛头怪物，后将其遗弃。

④ 希腊神话中，伊阿宋得美狄亚帮助获得金羊毛，后负心。

⑤ 据维吉尔《伊尼德》，特洛伊城破后，王子伊尼斯出走，漂泊至迦太基城，与女王狄多恋爱，后弃她而走，狄多自杀。

⑥ 恺撒爱上克娄巴特拉，帮助她重登王位，“粗鲁”之说，其事未详。

⑦ 罗马皇帝提丢斯爱上埃及王后贝雷厄斯，将她带至罗马，登基后遗弃了她。

们，[1]这笔债已经拖欠了很久，早就该偿还了。

“一个女人应时而生，来重建黑格尔的伟大的摆动原理以有利于她的性别。由于尼普顿绝妙的防范措施，她与雅利安人的世界隔绝，而把最年轻、最勇敢的男人召唤到她的身边。她的灵魂是不可动摇的，她的身体却可以屈尊。从这些勇敢的年轻人身上，她获取他们所能给予的一切。她把自己的身体给他们，却用她的灵魂统治他们。她是第一位这样的君主，热情从未使之成为奴隶，哪怕一刹那间。她从不需要恢复镇静，因为她从未神魂颠倒过。她是成功地将爱情和快乐这两个纠结在一起的东西分开的唯一女人。”

勒麦日先生停了一会儿，接着说：

“她每天来这地下坟墓中一次。她站在这些壁龛前，面对着僵直的人像沉思。她触摸着那些冰冷的胸脯，她知道它们曾是那样的滚烫。接着，她对着那个空位置——很快，他就要裹着一层冰冷的希腊铜皮在那里长眠——冥想一番，就懒洋洋地回转身，到等着她的人那儿去了。”

“而他们，他们，”我喊道，也不管是在什么地方了，“他们全都接受了！他们全都屈服了！啊！她只要一来，她等着瞧吧。”

莫朗日不说话。

“亲爱的先生，”勒麦日先生温和地说，“您说话像个孩子。您不知道，您没见过昂蒂内阿。有一件事您要好

---

① 据《圣经》，闪和雅弗都是挪亚的儿子，闪是闪米特人（如阿拉伯人、犹太人等）的祖先，雅弗是印欧人的祖先。

好想想，那就是，在他们中间，”他手一挥，指了指那一圈无言的肖像，“有许多人跟您一样勇敢，还可能不那么容易激动。我记得，有一位，就是安息在39号标签之下的那一位，是个冷静的英国人。当他出现在昂蒂内阿面前的时候还抽着雪茄。亲爱的先生，他像其他人一样，在他的君主的目光下屈服了。

“只要你们没有见过她，就不要说大话。学问的水平对于讨论热情方面的东西没有什么价值，我跟你们谈论昂蒂内阿是感到很尴尬的。我只对你们说一点，你们一旦看见了她，你们就将忘记一切。家庭、祖国、荣誉、一切，为了她，你们会背叛一切。”

“一切，先生？”莫朗日非常平静地问道。

“一切，”勒麦日先生有力地肯定道，“你们将忘记一切，你们将背叛一切。”

一阵轻微的声音又响起来了，勒麦日先生看了看表。

“反正，你们会看到的。”

门开了，一个身材高大的、我们在这个地方见到的最高大的白衣图阿雷格人进来了，走向我们。

他弯弯腰，轻轻地碰了碰我的胳膊。

“跟着他，先生。”勒麦日先生说。

我没有说话，服从了。

第十一章　昂蒂内阿

我的带路人和我，我们沿着一条新的走廊走着。我越来越兴奋。我只有一个念头，赶快站在这个女人面前，对她说……其余的一切，我早已置之度外了。

希望这次冒险立刻带上一种英雄主义的色彩，这我是错了。在生活中，各种现象之间从来也不是界限分明的。过去许许多多的事情本该使我想到，在我的冒险中，荒唐总是与悲剧搅在一起。

我们到了一扇颜色浅淡的小门前，向导闪在一旁，让我进去。

那是一间最舒适的盥洗室。毛玻璃的天棚向大理石铺砖洒下一片欢快的、粉红色的光。我看见的第一件东西，是墙上的挂钟，数字为黄道十二宫的图案所代替。小针还不到白羊宫呢。

三点钟，才三点钟！

这一天已经使我觉得像一个世纪般漫长……可我才过了一半多一点。

随后，另一个念头闪过脑际，我不由得捧腹大笑。

“昂蒂内阿是要我带着自己的所有长处去见她呀。”

一面巨大的希腊铜镜占了房间的一头。我朝镜子里看了一眼，我明白了，按理说，她的要求并不过分。

我的胡子未修，眼皮上一片可怕的污垢，顺着脸流下来，衣服上沾满了撒哈拉大沙漠的尘土，被霍加尔高原的

荆棘划得破破烂烂，说真的，这使我成了一个相当可悲的骑士。

我立刻脱掉衣服，跳进盥洗室中间的一个斑岩澡盆中。我泡在散发着香味的温水中，感到浑身麻酥酥的，舒服极了。在我前面那个贵重的雕花木梳妆台上，许多杂乱放着的小瓶在微微颤动着。它们大小不一，颜色各异，是用一种极透明的玉雕成的。柔和的湿气使我紧张的神经松弛下来。

“让大西岛、地下坟墓、勒麦日先生，都统统见鬼去吧。”我还有力气这样想。

随后，我就在澡盆里睡着了。

当我睁开眼睛的时候，挂钟上的小针都快到金牛宫了[1]。我面前站着一个高大的黑人，他两手撑在浴缸的边上，露着脸，裸着胳膊，头上裹着一块橘黄色的大头巾。他望着我，无声地笑着，露出两排雪白的牙齿。

“这家伙是什么人？”

黑人笑得更厉害了。他不说话，一把抓住我，把我像羽毛一样从水中捞出来，那水现在的颜色我想还是不说为妙。

转眼间，我已躺在了一个倾斜的大理石台上了。

黑人开始给我按摩，下手非常有力。

“哎哟！轻一点儿，畜生。”

按摩师没有搭腔，他笑了，搓得更用力了。

“你是什么地方人？卡奈姆？波尔古？你太爱笑了，

---

① 即快到四点了。

不像个图阿雷格人。”

他还是一声不响。这是个又哑又快活的黑人。

“反正，我管它呢，”我只好这样想，“不管他怎么样，我觉得还是比勒麦日先生好，他的博学像是一连串的噩梦。可是上帝，他是怎样训练一个马杜兰街[1]上的土耳其式浴室的新顾客啊！”

“香烟，先生。”

还没等我应声，他就在我嘴里塞了一支点燃的香烟，他则又开始细心揉搓起来。

“他的话少，倒挺殷勤的。”我想。

我正对着他的脸喷了一口烟。

这个玩笑似乎很投他的口味，他立刻使劲儿地拍着我，表示他的高兴。

当他揉搓好了的时候，就从梳妆台上拿下一个小瓶，在我身上涂了一种玫瑰色的膏。我感到疲劳顿释，肌肉又充满了活力。

有人用锤子在铜铃上敲了一下。按摩师退下，进来一个矮小的黑老太婆。她像喜鹊一样饶舌，但是我从她那连珠炮似的话中，一个字也没听明白，而她先是抓住我的手，后是抓住我的脚，做着鬼脸给我修指甲和趾甲。

铃又响了一声。老太婆让位给另一个黑人，这一位表情严肃，一身白衣，狭长的额上扣着一顶棉织无边圆帽。这是理发师，他的手灵巧得出奇。他很快地剪掉我的头发，还真合适。然后，他并没有问我是否喜欢留胡子，就

---

① 巴黎的一条街。

给我刮了个精光。

我饶有兴致地端详着自己的面目一新的脸。

“昂蒂内阿大概喜欢美国式的，”我想，“这是对她的祖父尼普顿多大的不敬啊！”

这时，那个快活的黑人进来了，把一个包袱放在沙发上。理发师退下了。我的新仆人小心地打开那个包袱，我惊奇地发现那里面是一套白法兰绒制服，与阿尔及尔的法国军官的夏装一模一样。

宽大柔软的裤子像定做的一样。上衣无可指责，使我惊讶到极点的是，还有两条活动的金线饰带，我的军阶的标志，用两条绦子固定在袖子上。一双饰有金线的摩洛哥皮拖鞋。衬衣全是绸的，好像直接来自和平大街[①]。

“饭菜可口，”我咕哝着，一边朝镜子里满意地看着，“住处井井有条。是的，可是，还有那件事。”

我不由得打了个哆嗦，第一次又想起了红石厅。

这时，挂钟报了四点半。

有人轻轻地敲门。引我来的那个大个子白衣图阿雷格人出现在门口。

他走过来，碰了碰我的胳膊，示意。

我又跟他走了。

我们仍然沿着一条长长的通道走着。我很激动，但是我从和那温水的接触中又重新获得了几分放肆。特别是，我不愿意承认，很不愿意承认，我感到我的好奇心越来越强烈。从这时起，如果有人来建议我重返白色大平原的路

① 巴黎的一条大街。

上，去锡克-萨拉赫，我会接受吗？我不相信。

我试图对这种好奇心感到羞耻。我想到了马依佛。

“他也是，他也走过我现在走的这条路，而他现在在那边，在红石厅里。”

我没有时间回忆得更远。突然，我像被一个火流星样的东西撞了一下，扑倒在地上。通道上漆黑一片，我什么也看不见，只听见一阵嘲弄的吼叫声。

白衣图阿雷格人闪在一旁，背靠着墙。

“得，”我一边起来一边嘀咕着，“开始闹鬼了。”

我们继续走着。很快，一缕和那玫瑰色的灯光不同的光开始照亮了通道。

我们走到了一座高大的铜门前，门的轮廓呈奇怪的锯齿状，闪闪发亮透出光来。一声清脆的铃声响过，两扇门打开了。图阿雷格人待在通道上，在我身后将门关上。

我机械地在这个我刚才一个人进来的大厅里迈了几步，我站住了，呆若木鸡，两手捂着眼睛。

刚刚展现在我面前的蓝天晃得我眼花缭乱。

几个小时以来的昏暗光亮弄得我对阳光都不习惯了。阳光从这个大厅的一端大量地照进来。

这个大厅位于山的下部，外面的走廊和通道比埃及的金字塔还要多。它和我早晨在图书室的平台上看到的花园处于同一水平上，好像紧挨着，感觉不到有什么间隔。地毯一直铺到大棕榈树下，鸟儿就在大厅中的柱子间翻飞。

绿洲上的阳光没有直接照到的部分，就显得昏暗。正在沉入山后的太阳给小路的石阶涂上一层玫瑰色，照

得深蓝宝石般的小湖岸边的那只单足呆立的红鹳血一般殷红。

突然，我又跌倒在地。一团东西猛地扑在我的肩上。我感到脖子上有一种热乎乎、毛茸茸的东西，后脖颈上一股烫人的热气。这时，使我在通道上那么慌乱的嘲弄的吼叫声又响起来了。

我腰一挺，挣脱了，胡乱朝我的袭击者的方向猛击了一拳。又一声吼，这次是痛苦和愤怒的吼声。

吼声引起了一阵大笑。我怒不可遏，用眼睛寻找这个无礼的家伙，跟他来个开门见山。可是这时，我的目光凝住了，凝住了。

昂蒂内阿在我面前。

在大厅的最昏暗的那一部分里，在被十二扇彩绘大玻璃窗射进的淡紫色阳光照得人为地发亮的穹顶下，在一堆花花绿绿的坐垫和最珍贵的白色波斯地毯上，躺着四个女人。

我认出了前面三个是图阿雷格女人，雍容华贵，穿着华丽的紧腰宽下摆白绸上衣，镶着金边。第四个是棕色皮肤，几乎是个黑人姑娘，年纪最轻，她的红绸上衣更突出了她的脸、她的胳膊、她的赤裸的双脚的深暗色调。她们四个围着一座由白地毯堆成的塔状的东西，覆盖着一张巨大的狮子皮，在那上面，昂蒂内阿曲肱而卧。

昂蒂内阿！我每次看见她，都要问自己，我是否看清楚了，我是那样的心慌意乱，我觉得她一次比一次更美。“更美”！可怜的词，可怜的语言。可是，难道这真是语言的过错？或是糟蹋了这样一个词的那些人的过错？

面对着这个女人，人们不能不想起那个女人，为了她，艾弗拉刻特乌斯征服了阿特拉斯高原；[①]为了她，沙波尔篡夺了奥奇芒蒂阿斯的王位；[②]为了她，玛米洛斯征服了苏斯和唐提里斯；[③]为了她，安东尼逃跑了。[④]

啊，颤抖的人心，如果你曾激动，
那是因她双臂傲慢如火的拥抱。

埃及式的披巾从她的浓密的、黑得发蓝的发卷上垂下来。厚重的金色织物的两个尖角拖到纤弱的臀部，金质的眼镜蛇冠饰围着一个小巧、丰满、固执的前额，一双纯绿宝石的眼睛盯着她头上那眼镜蛇的红宝石做就的分叉的舌头。

她穿着轧金的黑纱长衣，非常轻盈，非常宽松，用一条白细布腰带轻轻系住，腰带上用黑珍珠绣着蓝蝴蝶花。

这是昂蒂内阿的装束。但在这一堆迷人的衣服下面，她是什么样呢？是一个身材纤细的少女，有着修长的绿眼睛，鹰一样的侧面。一个更容易激动的阿多尼斯[⑤]，一位

---

① 未详。

② 未详。

③ 未详。

④ 罗马大将安东尼出治东部行省时，爱上埃及女王克娄巴特拉七世，宣称将罗马东部的一些领土赠予她的儿子，亚克兴一役败于屋大维，逃至埃及，后自杀。

⑤ 希腊神话中的美少年，爱神阿佛洛狄忒的情人。

年轻的沙巴女王[1]。但她的目光，她的微笑，却是我在东方女人中从未曾见过的。一个嘲讽和放肆的奇迹。

昂蒂内阿的身体，我看不见。真的，这有名的身体，我从未想到要看一看，哪怕我有力量。也许这是我的初次印象中最不寻常的地方。想到红石厅里的那些被处决了的、曾把这纤细的肉体抱在怀里的五十个年轻人，我觉得，在这难以忘怀的时刻里，单单这种想法就是一种最可怕的亵渎。尽管她长衣的一侧大胆地敞开着，她的纤细的胸脯裸露着，胳膊光着，轻纱下影影绰绰一片神秘的阴影，尽管她有着极残酷的传说，这个女人却有办法保持某种纯洁，怎么说呢，某种处女的东西。

这时，她还在开怀大笑，因为我当着她的面跌倒在地。

“希拉姆王。”她叫道。

我转过头去，看见了我的敌人。

在一个柱头上，离地二十尺的地方，趴着一只美丽的猎豹。它的目光还因我给它的那一拳而充满着愤怒。

“希拉姆王，”昂蒂内阿又叫道，“过来！”

那头兽弹簧一样地蹿了下来。现在，它蜷曲在女主人的脚旁了。我看见那条红舌头舔着她纤细的光脚脖子。

“向先生道歉。”年轻的女人说。

猎豹充满仇恨地瞪了我一眼，黑胡子下的黄鼻尖皱了皱。

“呣。”它像一只大猫那样咕噜了一声。

---

① 《圣经》人物，沙巴国女王访问所罗门，归去时留下厚礼。

"去呀！"昂蒂内阿威严地命令道。

这头小野兽勉强地朝我爬过来。它谦卑地把头放在两爪间等着。

我在它具有眼状花纹的额头上摸了摸。

"别怪它，"昂蒂内阿说，"它跟所有的陌生人开始时都这样。"

"那它大概经常心情不好吧。"我淡淡地说。

这是我的第一句话，它使得昂蒂内阿的唇上掠过一丝微笑。

她平静地、深情地望了我一眼，然后对一个图阿雷格女人说："阿吉达，你记着给塞格海尔-本-谢伊赫二十五镑金币。"

"你是中尉吗？"她停了一会儿，问道。

"是的。"

"你是哪里人？"

"法国人。"

"我料得到的，"她以嘲讽的口气说道，"是哪个省的？"

"是叫洛特-加龙的那个省。"

"这个省的哪个地方？"

"杜拉。"

她想了想。

"杜拉！那儿有一条小河，叫德洛普。有一座大古堡。"

"您知道杜拉。"我喃喃地说，大吃一惊。

"从波尔多去，有一条小铁路，"她接着说，"那是

一条夹在陡壁间的路，山坡上满是葡萄园，山顶上有许多封建时代的废墟。村庄有着美丽的名字：蒙塞古尔、索沃代尔-德-古也纳、拉特莱那、克瑞翁……克瑞翁[①]，像在《安提戈涅》里一样。”

“您去过？”

她看了看我。

“用‘你’来称呼我吧，”她说，带着一种慵懒之态，“迟早你得用‘你’来称呼我的。还是马上开始吧。”

这种满含着威胁的允诺立刻使我感到巨大的幸福。我想起了勒麦日先生的话：“只要你们没有见过她，就不要说大话，你们一旦见了她，就会为了她而背叛一切。”

“我去没去过杜拉？”她笑了，继续说道，“你开玩笑呢。你能想象尼普顿的孙女在一段地方铁路上乘坐一等车厢吗？”

她伸出手，对我指着那俯视着花园中棕榈树的白色大山。

“那就是我的天涯。”她庄严地说。

在她身旁的狮子皮上，放着好几本书，她从中拿起一本，随手翻开了。

“这是西部铁路指南，”她说，“对于一个不好动的人来说，这是多么好的读物啊！现在是下午五点半。一列火车，一列慢车，在三分钟之前到了下沙朗特的苏尔杰尔。十分钟后开车，两小时后到达拉罗谢尔。在这儿想到这些事情，这多怪啊。这么远！……这么多的运行！……

① 克瑞翁是希腊悲剧《安提戈涅》中的忒拜国王。

这么多的停车！……”

“您的法语说得很好。”我说。

“我没有办法呀。德语、意大利语、英语、西班牙语，我都说得很好。我的生活方式使我成了一个会讲多种语言的人。但是我最喜欢的是法语，甚至胜过图阿雷格语和阿拉伯语。好像我生来就会似的。请相信，我说这个并不是为了让你高兴。”

一阵沉默。我想起了她的祖先，想起了普鲁塔克[①]这样说的那一位：“她需要翻译与之通话的民族的语言是很少的；克娄巴特拉用他们各自的语言同埃塞俄比亚人、穴居人、希伯来人、阿拉伯人、叙利亚人、米底亚人[②]以及帕尔特人[③]说话。”

“别这样站在大厅中间，你让我难受，过来坐下，坐在我身边。动一动，希拉姆王先生。”

猎豹不高兴地服从了。

“把手伸过来！”她命令道。

她身边有一个大缟玛瑙杯，她从中取出一枚很朴素的希腊铜指环。她把它套在我左手的无名指上。这时，我看见她也戴了一枚同样的指环。

“塔尼-杰尔佳，给德·圣亚威先生拿玫瑰冰糕。”

那个穿红绸衣服的黑姑娘急忙拿给我。

“我的私人秘书，”昂蒂内阿介绍说，“塔尼-杰尔

---

① 古希腊传记家、散文家（约公元46年—约公元120年），代表作有《列传》。

② 伊朗高原西北部古民族。

③ 伊朗北部古民族。

佳小姐，尼日尔河畔的加奥人[①]。她的家庭差不多跟我的家庭一样古老。”

她一面说，一面看着我，她的绿眼睛凝视着我。

“你的同事，那个上尉，”她心不在焉地问道，“我还不认识他。他怎么样？像你吗？”

这时，自从我在她身边以来，我才第一次想到了莫朗日。我没有回答。

昂蒂内阿微微一笑。

她完全躺在了狮子皮上，她的右腿裸露了出来。

“该去找他了。”她无精打采地说，“你很快就会接到我的命令的。塔尼-杰尔佳，领他去吧。先给他看看他的房间。他大概还不知道。”

我站起身来，拿起了她的手吻了吻。这只手，她用力地挨着我的嘴唇，甚至把我的嘴唇弄出血来，以此来表示她的占有。

我现在走在一条阴暗的通道上，穿红绸衣的小姑娘在前面。

“这儿是你的房间。”她说。

她又说：“现在，如果你愿意，我领你去餐厅，其他人要去那儿吃晚饭了。”

她的法语说得很可爱，Z和S不分。

“不，塔尼-杰尔佳，不，我晚上想待在这儿。我不饿，我累了。”

“你记住了我的名字。”她说。

① 加奥城建于公元670年，11世纪成为桑海帝国首都。

她因此而显得很自豪。我感觉到，在需要的时候，她可能是我潜在的盟友。

“我记住了你的名字，小塔尼-杰尔佳[①]，因为它很美。”

我又补充道：“现在，小家伙，让我一个人待会儿吧。”

她待在房间里不走，我又感动又恼火。我感到极需要反躬自省一番。

“我的房间在你房间的上面，”她说，“这张桌子上有一个铜铃，你有事敲一敲就行了。一个白衣图阿雷格人会来的。”

这些嘱咐突然使我很开心。我是住在一个撒哈拉大沙漠中心的旅馆里。我只要打一下铃就有人来侍候。

我看了看自己的房间。我的房间！它有多长时间属于我呢？

房间相当宽绰，有一些坐垫，一个沙发，依石凿进的凹室，一扇宽大的窗户透光，门上挡着一领草帘。

我走近窗户，拉起帘子，一缕落日的余晖射进来。

我两肘支在一块石头上，心中充满了难以表达的思想。窗户朝南，离地至少有六十米高，下面是一片火成岩的石壁，光滑、乌黑，令人头晕目眩。

在我前面，大约两公里之外，高耸着另一堵石壁：《克里提阿斯》中说的第一圈陆地。然后，在那边很远的地方，我看见了广袤无垠的红色大沙漠。

---

① 在柏柏尔语中，“塔尼”的意思是泉水，“杰尔佳”是形容词“蓝色”的阴性形式。——拉鲁先生注

第十二章　莫朗日站起来，走了

我累极了，一觉就睡到第二天，醒来时已经快下午三点钟了。

我立刻就想到了昨晚的事情，而且觉得事情令人惊异。

“瞧，”我自言自语道，“事情还得一步步来，先得问问莫朗日。”

而且，我感到胃口大开。

我的手边就是塔尼-杰尔佳指给我的铜铃。我敲了敲，一个白衣图阿雷格人来了。

“带我到图书室去。”我命令道。

他服从了。我们又在台阶和通道纵横交错的迷宫中穿行，我知道，若没有人帮助，我是永远也找不到路的。

莫朗日果然在图书室里，他正津津有味地阅读一份手稿。

“一份失传的圣-奥波塔的论文，”他对我说，“啊！要是唐·格朗杰在这儿就好了！看，这是用半安色尔字体[①]写成的。”

我没有应声。桌子上，手稿的旁边，有一件东西立刻引起了我的注意。那是一枚希腊铜戒指，和昨晚昂蒂内阿给我的那种一样，也和她戴的那种一样。

---

① 安色尔字体是古代用于手抄本上的一种大型圆形字体。

莫朗日微笑着。

“怎么样？”我问。

“怎么样？”

“您看见她了？”

“我是看见她了。”莫朗日回答道。

“她很美，是不是？”

“这事我觉得很难提出异议，”我的同伴回答道，“我认为甚至可以说她既美丽又聪明。”

一阵沉默。莫朗日很平静，在手指间摆弄着那个希腊铜指环。

“您知道我们在此地的命运该是什么吗？”我问。

“我知道，勒麦日先生昨天已经用隐蔽的神话般的语言给我们解释过了。这显然是一次很不寻常的冒险。”

他停了停，凝视着我：“我非常后悔把您搅进来。只有一件事可以减轻我的悔恨，就是看到您自昨晚以来相当轻松地对这一切拿定了主意。”

莫朗日是从哪儿学到这种洞察人心的学问的？我没有回答，这就向他提供了最好的证据，证明他看得准。

“您打算怎么办？”我最后轻声问道。

他合上手稿，舒舒服服地坐在椅子里，点燃一支雪茄，这样回答我：

“我深思熟虑过了。靠着一点决疑论，我发现了自己的行动准则。它是很简单的，不容争论。

“问题对我和对您并不是完全一样的，其原因是我的近乎宗教的性格，我应该承认，它已经上了一条令人不安的船了。我没有许过愿，的确，但是，除了通常的第九

诫禁止我与一个不是我妻子的人有关系之外，我承认，我还对要求于我们的那种效劳没有丝毫的兴趣，为了这种效劳，那位了不起的塞格海尔-本-谢伊赫费尽心机把我们弄了来。

“除此之外，还有看到，我的生命不属于我个人，不像那种私人探险家，他们是为了个人的目的，利用个人的手段来旅行的。我则要完成使命，要获得结果。如果我按此地的习惯付了奇特的买路钱而能够重获自由的话，我同意尽我所能地满足昂蒂内阿的要求。我相当了解宗教的宽大精神，特别是我所向往的那个宗教团体的宽大精神，这种做法会立刻得到认可的，谁知道呢，也许还会受到称赞。埃及的圣马利亚[①]曾在类似的情况下失身于船夫们。她得到的只是颂扬。但是，这样做的时候，她确信自己要达到的目的是神圣的。只要目的是好的，可以不择手段。

“至于我，情况并没有任何相同的地方。哪怕我服从了这位女士最荒唐的要求，我还是会很快在红石厅里被排成54号，或者55号，如果她愿意先找您的话。在这种情况下……”

“在这种情况下？”

“在这种情况下，我的服从就是不可饶恕的。”

“那您打算怎么办呢？”

“我打算怎么办？……”

莫朗日把后脑勺靠在椅背上，向天棚上吐了一口烟，

① 苦行的女基督徒，曾在亚历山大卖淫，后在沙漠中生活了四十七年。

笑了。

“什么也不干，”他说，“而这就够了。您看，在这方面，男人对于女人来说具有不容置疑的优越性。根据他的生理构造，他可以应之以最完全的不接受，而女人则不能。”

他又添了一句，目光中带着嘲弄：“一个愿打是因为一个愿挨。”

我低下了头。

“对于昂蒂内阿，”他接着说，“我费尽了口舌，但没有用。后来我没法儿了，就说：‘那为什么勒麦日先生不呢？’她笑了，回答说：‘为什么斯帕尔代克牧师不呢？勒麦日先生和斯帕尔代克先生都是我所尊敬的学者。但是，

> 那无用的做梦的人真是该死，
> 他真愚蠢，竟想第一个来解决
> 一个无解的、没有结果的问题，
> 竟在爱情的事上混进贞洁！

“‘再说，’她微笑着补充道，她的微笑确实是迷人的，‘这两位你大概都没有好好地看一看。’接着，她又对我的形体进行了一番恭维，对此我无言可答，波德莱尔[①]的那四句诗使我哑口无言。

“她还肯屈尊给我解释说：‘勒麦日先生是个对我有

---

① 法国著名诗人（1821—1867），那四句诗出自《该下地狱的女人》一诗中。

用的学者。他懂西班牙语和意大利语，给我整理文件，并在努力地整理我的神谱。尊敬的斯帕尔代克牧师懂英语和德语。比埃罗斯基伯爵精通斯拉夫人的语言，而且，我像爱父亲一样地爱他。我小时候，还没想到你知道的那些蠢事的时候，他就认识我了。我可能接触到不同国家的来访者，他们对我是不可少的，尽管我已开始相当熟练地动用我所需要的语言了……我说了这么多话，这是我第一次解释我的行为。你的朋友不这么好奇。’说完，她打发我走了。的确是个奇怪的女人。我认为她有点勒南[1]的风格，但是比大师更习惯于享乐方面的东西。”

“先生们，”勒麦日先生不期而至，突然说道，“你们还耽搁什么呀？大家等你们吃饭呢。”

这一天晚上，小个子教授心情非常愉快，他戴着一枚新的紫色玫瑰花形徽章。

“怎么样？”他喜气洋洋地问道，“你们见到她了？”

莫朗日和我都没有回答他。

我们到的时候，尊敬的斯帕尔代克牧师和基托米尔的哥萨克公选首领已经吃起来了。落日在乳白色的席上涂了一层紫色。

“请坐，先生们，”勒麦日先生吵吵嚷嚷地说，“德·圣亚威中尉，您昨天晚上没跟我们在一起。您将第一次尝到我们的巴姆巴拉[2]厨师库库的手艺。”

一个黑人侍者在我面前放了一条漂亮的火鱼，上面浇

① 法国作家（1823—1892）。

② 非洲西部的一个部落。

着像西红柿一样红的辣椒汁。

我已经说过我饿得要死，菜的味道很好，辣椒汁立刻使我感到口渴。

“1879年的霍加尔白葡萄酒，”基托米尔的哥萨克公选首领一边悄悄对我说，一边给我的大杯斟满一种精美的黄玉色液体，“这是我酿造的，一点儿也不上头，劲儿全到了腿上。”

我一气喝干了一杯。我开始觉得和这些人在一起挺让人高兴的了。

“喂，莫朗日上尉，”勒麦日先生朝我那同伴喊道，他正一本正经地吃着他那条火鱼呢，“您对这条棘鳍类鱼有什么看法？它是今天在绿洲的湖里捕到的。您开始接受撒哈拉海的假说了吧？”

“这条鱼是个证据。”我的同伴说。

突然，他不说话了。门刚刚开了，白衣图阿雷格人进来了。吃饭的人都沉默了。

蒙面人慢慢地朝莫朗日走去，碰了碰他的右臂。

“好。”莫朗日说。

他站起来，跟着使者走了。

盛着1879年霍加尔白葡萄酒的长颈壶放在我和比埃罗斯基伯爵中间。我斟满我的大杯，一只半升的大杯，神经质地一饮而尽。

哥萨克公选首领同情地望着我。

“嘿！嘿！”勒麦日先生推着我的臂肘说，“昂蒂内阿尊重等级啊。”

尊敬的斯帕尔代克牧师不好意思地笑了笑。

“嘿！嘿！”勒麦日先生叫着。

我的杯子空了。一刹那间，我真想照准历史教授的脑袋扔过去。算了！我又斟满了，一饮而尽。

“莫朗日先生只能心领这美味的烤羊肉了。”教授说，他变得越来越轻薄了，顺手切了一大块肉。

“他不会后悔的，”哥萨克公选首领生气地说，“这不是烤羊肉，这是岩羊角。真的，库库开始嘲弄我们了。”

“还是埋怨尊敬的牧师吧，”勒麦日先生尖刻地反驳道，“我跟他说过多少回，让他找初学教理者，别找我们的厨师。”

“教授先生。”斯帕尔代克先生庄重地说。

“我保留我的抗议。”勒麦日先生喊道，我觉得他有点醉了，“我请先生来裁决，”他转向我的方向，继续说，“先生是新来的，先生没有成见。那么，我来问他。人们有权整天往一个巴姆巴拉厨师的脑子里灌一些他毫无禀赋的神学讨论而使他变得迷迷糊糊的吗？”

“唉！”牧师难过地回答道，“您大错特错了。他对讨论有着强烈的癖好。”

“库库是个懒汉，他借口高拉的牛什么也不干，把我们的肉片煎煳了。”哥萨克公选首领说，“教皇万岁！”他一边喊着，一边给大家斟满酒。

“我向你们保证，这个巴姆巴拉人让我不安，”斯帕尔代克郑重其事地说，“你们知道他现在到了什么地步了吗？他否认圣体存在。他已经面临茨温利[①]和俄考朗帕德[②]的错误了。库库否认圣体存在。”

“先生，”勒麦日先生很冲动地说，“不应该去打搅那些管做饭的人，耶稣就是这样认为的，我想，他是一位和您一样好的神学家，但他从未想过要让马大[③]离开炉台，给她讲那些废话。”

“完全正确。”哥萨克公选首领称赞道。

他把一个坛子夹在膝间，用力地开着。

“烤排骨，烤排骨。”他悄悄地对我说，打开了坛子，“拿杯子来，一起喝！”

“库库否认圣体存在。”牧师还在说，一边难过地干了杯。

“嘿！”基托米尔的哥萨克公选首领俯在我耳边说，“让他们说去吧。您没看见他们都醉了。”

他自己的舌头也发硬了，费了好大劲才把我的杯子斟满。

我真想把杯子推开，这时，我突然想到：

“现在，莫朗日……不管他说什么……她那么美！”

于是，我拉过杯子，又是一饮而尽。

现在，勒麦日先生和牧师正在一场最离奇的宗教论

---

① 瑞士宗教改革领袖（1484—1531），其主张有否认罗马教廷权威、禁止崇拜圣像等，1531年在与各州信奉天主教者作战中身亡。

② 德国宗教改革家（1482—1531），茨温利的朋友，曾试图调解前者与路德的关系。

③ 《圣经》中，曾经侍候过耶稣的女人，见过《新约·路加福音》第十章第三十八节和《新约·约翰福音》第十一章。

争中越争越糊涂，把*Book of Common Prayer*[①]、《人权宣言》（*Bulle Unigenitus*）[②]一股脑儿抛出来，乱说一气。渐渐地，哥萨克公选首领对他们显示出上流社会中人的影响了，尽管他也烂醉如泥，他还是体现出了教育对学问的全部优越性。

比埃罗斯基伯爵喝的酒五倍于教授和牧师。但是，他的酒量比他们大十倍。

“别管这些醉鬼，”他厌恶地说，“来，亲爱的朋友，我们的对手在赌厅里等着我们呢。”

“女士们，先生们，”他走进赌厅，说道，“请允许我向你们介绍一位新的对手，我的朋友，德·圣亚威中尉先生。”他小声在我耳边说：“由他们去吧，这是这里的一些仆人……可你瞧，我的眼睛花了。”

的确，我看见他醉得很厉害。

赌厅又窄又长，基本的家具是地上那张大桌子，四周的坐垫上卧着十几个土著。墙上的两幅版画表现出最确切的折中主义，一幅是达·芬奇的《圣·若望·巴蒂斯特》，一幅是阿尔封斯·德·纳维尔[③]的《进行最后装饰的房子》。

桌子上，有一些红土酒杯，一个盛满棕榈烧酒的笨重坛子。

---

① 《祈祷书》（英国国教）。

② 《教皇诏书》，开头的词常是unigenitus，一家人之意。

③ 法国的一位不出名的画家。

在场的人中，我发现了几个认识的人：按摩师、指甲修剪师、理发师、两三个白衣图阿雷格人。他们放下了面罩，庄严地抽着装有铜烟锅的长烟袋。他们都在等着，沉浸在玩纸牌的乐趣之中，那似乎是一场三至五人的牌局。昂蒂内阿的两位美丽的侍从——阿吉达和西蒂阿，也在其中。她们光滑的茶褐色皮肤在织有银线的轻纱下闪闪发亮。我感到怅然，没有看见小塔尼-杰尔佳的红绸衣。我又想到了莫朗日，但只是一闪罢了。

“筹码，库库，”哥萨克公选首领命令道，“我们来这儿不是闹着玩的。”

茨维利派的厨子把一个装着各色筹码的盒子放在他面前。比埃罗斯基伯爵极其庄严地进行清点，分成小堆。

“白色的代表一个路易，”他对我解释道，“红色的代表一百法郎，黄色的代表五百，绿色的代表一千。嘀！您知道，这里的赌注可大了。反正，您会看到的。”

“我出一万坐庄。”茨温利派的厨子说。

“我出一万二。”哥萨克公选首领说。

“一万三！”西蒂阿说。她坐在伯爵的一条腿上，湿润的唇上含着微笑，精心地把她的筹码摆成一摞一摞的。

“一万四！”我说。

“一万五！”罗其达，那个修剪指甲的黑老太婆，声音刺耳地喊道。

“一万七！”哥萨克公选首领宣布道。

“两万！”厨子当机立断。

他敲了敲桌子，挑战似的望着我们。

“两万，我出两万坐庄了。”

哥萨克公选首领不高兴地挥挥手。

“该死的库库！真拿这个畜生没办法。您看吧，准有一场激战，中尉。”

库库端坐在桌子的一端，他洗牌的熟练让我吃惊。

“我说过了，就像在阿娜·戴里翁[①]那里一样。”哥萨克公选首领自豪地小声对我说。

“先生们，出牌呀，”黑人嚷道，“出牌呀，先生们。”

“等一等，畜生，”比埃罗斯基说，“你看杯子都空了。这儿，卡康博。”

杯子立刻被那个快活的按摩师斟满了。

“切牌！”库库对他右首的那个美丽的图阿雷格女人西蒂阿说。

年轻女人像个迷信的人一样，用左手切牌。不过得说明，她的右手端着酒杯，正往嘴里送呢。我看见她黝黑的纤胸鼓胀起来。

“我给了。”库库说。

我们是这样坐的：左边，哥萨克公选首领、阿吉达，他以最放肆的贵族派头搂着她，还有卡康博、一个图阿雷格女人和两个蒙面的黑人，一本正经地看着牌；右边，西蒂阿、我、老指甲修剪师罗其达、理发师巴鲁夫、一个女人和两个白衣图阿雷格人，严肃而专注，正与左边的两个相对称。

“我要。”哥萨克公选首领对我说。

---

① 巴黎的一家著名赌场。

库库抽牌，给了哥萨克公选首领一个四，自己拿了个五。

“八。”比埃罗斯基说。

“六。”漂亮的西蒂阿说。

“七。”库库打牌。“一个赌盘可以偿付另一个。”他又冷冷地补充道。

“我下双倍赌注。”哥萨克公选首领说。

卡康博和阿吉达随了他。我们这一边比较保守，尤其是指甲修剪师，她每次只下二十法郎。

“我要求赌盘相等。”库库说，不动声色。

“这个怪物真让人受不了，”伯爵低声抱怨道，“好了，满意了吗？”

库库打出一张九来。

“天哪！”比埃罗斯基叫道，“我的是八……”

我有两张王，我没表现出自己的恶劣心绪。罗其达从我手中把牌拿去。

我看了看我右首的西蒂阿，她浓密的黑发覆盖住肩头。她确实很美，略有醉意，像这群古怪的人一样。她也望着我，但是偷偷地，像一头胆怯的野兽。

“啊！”我想，“她大概害怕。我的头上写着：禁猎地。”

我碰了碰她的脚，她恐惧地缩了回去。

“谁要牌？”库库问道。

“我不要。”哥萨克公选首领说。

“我有了。”西蒂阿说。

厨子抽出一张四来。

“九。”他说。

“那牌本来是我的，”伯爵骂道，“五，我有五。啊！我要是过去没有向拿破仑三世皇帝陛下发誓永不再抽五点该多好！有时候真难受，真难受……而这个黑鬼一赢就走。”

果然，库库搂去了四分之三的筹码，庄严地站起来，向众人致意。

“明天见，先生们。”

“你们都滚吧，”基托米尔的哥萨克公选首领吼道，“您跟我待一会儿，德·圣亚威先生。”

当只剩下我们两人的时候，他又喝了一杯烧酒。灰色的烟气遮住了棚顶。

“几点了？”我问。

“十二点半。可您不能就这样把我扔下，我的孩子，我亲爱的孩子。我心情沉重，沉重啊。”

他热泪横流。他衣服的燕尾拖在沙发上，活像两个苹果绿的鞘翅。

“阿吉达很美，是不是？”他一直在哭，“唉，她让我想起了美丽的德·特鲁艾尔伯爵夫人，她的头发稍微浅一点儿。您知道，她叫梅塞德斯。有一天，在比阿里兹[1]，她在处女峰前洗澡，一丝不挂。这时，俾斯麦亲王正在桥上。您没想起来吗？梅塞德斯·德·特鲁艾尔？”

我耸了耸肩。

“真的，我忘了，您太年轻了。两岁，三岁，一个

---

① 法国西南部城市，濒临大西洋，著名的疗养地。

孩子。是的，一个孩子。啊！我的孩子，在那个时代生活过，沦落到跟野蛮人在一块儿坐庄发牌……我得跟您讲讲……”

我站起来，推开他。

“留下吧！留下吧！”他哀求道，“你要我说什么我就说什么，你要我讲什么我就讲什么，我讲我是怎么来到这儿的，我讲那些我从未对别人讲过的事情。留下吧，我需要在一个真正的朋友的怀抱里倾吐衷肠。我再说一遍，我什么都跟你说，我信任你。你是法国人，绅士。我知道你不会告诉她。”

“我不会告诉她。告诉谁？”

“告……”

他的声音噎住了。我觉得他的声音由于害怕而抖了一下。

“告诉谁？”

“告……告诉她，告诉昂蒂内阿。”他喃喃地说。

我又坐下了。

第十三章　基托米尔的哥萨克公选首领的故事

这时，卡西米尔伯爵的醉意中出现了某种庄重严肃的东西。

他沉思了片刻，开始讲起来，很遗憾，我不能把那叙述的古色古香完全传达出来。

“当昂蒂内阿的花园里的新麝香葡萄开始转红之时，我就六十八岁了。亲爱的孩子，吃青苗是一桩令人难过的事情。生活并非不断地重复。我1860年出入杜伊勒里宫，而今日沦落到这步田地，这是何等的辛酸！

“战争前（我记得维克多·努瓦尔[①]还在）不久的一个晚上，几个可爱的女人，姑隐其名吧（她们的儿子的名字，我在《高卢报》的社交新闻栏中还时有所见），向我表示，想见识见识真正的交际花。我领她们去参加‘大茅屋’[②]的一次舞会。那儿净是艺徒、妓女和大学生。舞池里，有几对在跳康康舞，跳得震天响。我们注意到一个人，他身材矮小，皮肤棕色，穿了一件破旧的礼服，方格裤子上肯定没有系背带。他斜视，一把肮脏的胡子，头发黏得像黑色的水果香糖。他的击脚跳真是荒唐透顶。那儿

① 法国记者（1848—1870）。此处当指普法战争之前。

② 一娱乐场所。

位女士打听到他叫莱奥那·甘必大[①]。

“当时我一枪就可以结果这个卑鄙的律师，永远地保证我的幸福和我的寄居国的幸福，每念及此，我就感到莫大的不幸，因为，亲爱的朋友，虽然我生来不是法国人，可我是心向往之啊。

“我1829年生于华沙，父亲系波兰人，母亲系俄罗斯人，更确切地说，是沃伦[②]人。我的基托米尔的哥萨克公选首领的称号就得之于她。沙皇亚历山大二世访问巴黎时，应我的令人敬畏的主人、皇帝拿破仑三世之请，恢复了我的封号。

“出于政治的原因，我们不能细谈，否则要谈到不幸的波兰的整个历史，我的父亲比埃罗斯基伯爵于1830年离开华沙，定居伦敦。我母亲一死，他就开始挥霍自己那笔巨大的财产，他对我说是因为悲伤。他死的时候，正值普里查德事件[③]爆发，他只留给我一千英镑的年金，外加两三种赌输后下双倍赌注的赌法，后来我知道那是毫不奏效的。

“我总是怀着激动的心情回忆起我十九、二十岁的时候，那时我花光了我那笔小小的遗产。当时的伦敦的确是

---

① 法国资产阶级政治活动家（1838—1882）。

② 属乌克兰。

③ 乔治·普里查德是英国的一位传教士，在塔希提传教时，禁止法国的天主教传教士接近该岛，并在当地的一次起义中起过重要作用（1843）。他被捕释放后，向英国政府报告了自己的遭遇，英政府遂要求法国政府赔偿损失，导致两国关系紧张。

一个可爱的城市。我在皮卡迪利大街[①]弄了套舒适的单间公寓。

> Picadilly！Shops，palaces，bustle and breeze，
> The whirling of wheels，and the murmur of trees.[②]

“在briska猎狐，乘坐boggy在海德公园兜风，[③]盛大的宴会，还有与德鲁利–兰恩[④]的轻薄的维纳斯们的优雅小聚会，占去了我的全部时间。全部，我说得不对，还有赌博，一种父子间的怜悯促使我去验证已故伯爵的下双倍赌注的赌法。我将要谈的那桩事的起因正是赌博，我的生活因此而发生了奇特的变故。

“我的朋友马尔莫斯伯利勋爵对我说过一百次：‘我得带你去一个妙人儿家里去，在牛津街277号，她是霍华德小姐。’一天晚上，我跟他去了，那一天是1848年2月22日。女主人的确是个无可挑剔的美人，客人也都很可爱。除了马尔莫斯伯利外，我还有好几个相识：克利伯登勋爵、切斯特菲尔德勋爵、第二救生队的少校弗朗西·蒙乔伊、道塞伯爵[⑤]。大家赌博，然后谈起了政治。法国发生

---

① 伦敦的一条繁华街道。

② 英文：“皮卡迪利大街！商店、宫殿、喧闹和微风，车轮飞转，树叶沙沙响。”

③ briska为俄文“四轮马车”之意，boggy为英文“沼泽地”之意，伯爵醉酒后说话颠三倒四。

④ 伦敦的一个娱乐场所。

⑤ 法国军官，著名的社会活动家（1801—1852）。

的事成为谈话的中心内容，当天早晨，巴黎发生暴动，起因于禁止第十二区举行宴会，消息刚刚由电报传来，大家漫无边际地谈论着暴动的后果。到那时为止，我从未关心过公共事务方面的事情。我也不知道是怎么回事，脑袋一热，就怀着我十九岁时的激情宣称，来自法国的消息意味着明天是共和国，后天是帝国。

“我的俏皮话被在场的人报以一阵谨慎的笑声，他们的目光转向了一位客人，他坐在一张牌桌的第五个位置上，那儿刚刚赌罢。

“客人也微微一笑。他起身朝我走过来。我见他中等身材，说矮小更合适，裹在一件蓝色的礼服里，目光茫然。

“在场的人都怀着一种愉快的消遣心情看着这个场面。

“‘请问尊姓大名？’他以极温和的口吻问道。

“‘卡西米尔·比埃罗斯基伯爵，’我严厉地答道，向他表明，年龄的差异并不足以证明他的问话得当。

“‘那好，亲爱的伯爵，但愿您的预言能够实现，我希望您不要冷落了杜伊勒里宫。’穿蓝色礼服的人微笑着说。

“最后，他还是作了自我介绍：

“‘路易-拿破仑·波拿巴亲王。’

“我在政变[①]中没有扮演任何积极的角色，我也绝不后悔。我的原则是，一个外国人不应该介入一个国家的内部纠纷。亲王理解这种谨慎，没有忘记对他说出如此吉祥

① 指1851年12月2日路易-拿破仑·波拿巴发动的政变。

的预言的那个年轻人。

“我是他最先召入凡尔赛宫的人之一。《小拿破仑》[①]的诽谤性的调子最终确定了我的命运。次年，当西布尔大人[②]到那儿的时候，我成了宫内侍从，皇帝甚至开恩让我娶德·蒙多维公爵莱皮托元帅的女儿。

“我毫无顾忌地到处宣扬这段姻缘不得其所。伯爵夫人比我大十岁，脾气很坏，又不是特别漂亮。再说，她的家庭明确地要求实行奁产制。而我当时只有两万五千傍的内侍俸禄。对一个经常与道塞伯爵和德·格拉蒙-加德鲁斯公爵[③]来往的人来说，这命运真是可悲。如果没有皇帝的关照，我怎么能办得了呢？

“1862年春的一个早上，我正在房中读信。有一封陛下的信，召我四点钟去杜伊勒里宫；有一封克莱芒蒂娜的信，告诉我她五点钟在家里等我。克莱芒蒂娜是我当时疯狂爱着的一个美人儿。我尤其感到骄傲的是，她是我一天晚上在‘金屋’从梅特涅亲王手里夺来的，亲王非常宠爱她。整个宫廷都羡慕我的这次胜利，我在道义上必须继续负担她的费用，而且克莱芒蒂娜是那么漂亮！皇帝本人都……其他的信，我的上帝，其他的信恰恰是这个孩子的供应者的账单，尽管我出于谨慎告诫过她，但她仍固执地让他们把账单寄到我的家里。

“差不多要付四万多法郎。连衣裙和大衣是加日兰—

---

① 维克多·雨果写的抨击路易-拿破仑·波拿巴的小册子。

② 法国高级神职人员（1792—1857），1848年后任巴黎大主教。

③ 法国外交家、政治家（1819—1880）。

奥皮杰店里的，黎塞留街23号；帽子和假发是亚历山德丽娜太太那儿的，当丹街14号；各种衬裙和内衣是波利娜太太那儿的，德·克雷利街100号；绦带和约瑟芬式手套是‘里昂城’那里的，肖塞–当丹街6号；‘英印快邮’的围巾、‘爱尔兰公司’的手帕、费格森店的花边、康德斯祛斑奶液……尤其是这康德斯祛斑奶液使我大吃一惊。发票上是五十一法郎。六百三十七法郎五十生丁的康德斯祛斑奶液，足够一个百人的骑兵队用的了！

“‘不能再这样继续下去了。’我说，把发票放进口袋里。

“四点差十分，我穿过卡鲁赛尔拱顶狭廊。

“在副官室，我碰见了巴克西奥奇。

“‘皇帝感冒了，’他对我说，‘他在卧室里。他命令，你一到就带你去。来吧。’

“陛下穿着长袖外套和哥萨克长裤在窗前出神。在微温的细雨中，杜伊勒里宫闪闪发亮，淡绿色林木如波浪般起伏。

“‘啊！你来了，’拿破仑说，‘呶，抽烟吧。似乎是你们，你和格拉蒙–卡德鲁斯昨晚在花堡又胡闹了。’

“我满意地微微一笑。

“‘怎么，陛下已经知道……’

“‘我知道，我影影绰绰地知道。’

“‘陛下知道格拉蒙–加德鲁斯的妙语吗？’

“‘不知道，你要对我说的。’

“‘是这样。我们是五六个人，我、维耶尔–卡斯太

尔、格拉蒙、佩尔西尼[1]……’

“‘佩尔西尼，’皇帝说，‘在全巴黎那样讲他的妻子之后，他不该再和格拉蒙在一起招摇。’

“‘正是，陛下。佩尔西尼太激动了，应该相信。他跟我们说开了公爵夫人的行为给他带来的烦恼。’

“‘这个费亚兰缺点心眼儿。’皇帝喃喃地说。

“‘正是，陛下。那么，陛下知道格拉蒙对他说的什么吗？’

“‘什么？’

“他对他说：‘公爵先生，我禁止您在我的面前说我情妇的坏话。’

“‘格拉蒙过分了。’拿破仑茫然地微笑道。

“‘我们也都这样觉得，陛下，包括维耶尔-卡斯太尔，不过他可是心花怒放。’

“‘说到这儿，’皇帝沉默了片刻说，‘我忘了问问你，比埃罗斯基伯爵夫人怎么样。’

“‘她很好，陛下。谢谢陛下。’

“‘克莱芒蒂娜呢？总是那么听话吗？

“‘总是，陛下。但是……’

“‘好像巴罗什先生[2]爱她爱得发疯。’

“‘我很荣幸，陛下。但是这种荣幸变得太昂贵了。’

“我从口袋里掏出早晨收到的发票，在皇帝眼前摊开来。

---

① 法国政治家、公爵，绰号费亚兰（1808—1872）。

② 法国政治家，律师（1802—1870）。

“他茫然地微笑着看了看。

“‘算了，算了。就这么一些。我来想办法，再说我还要请你帮忙哩。’

“‘我完全听命于陛下。’

“他摇了摇铃。

“‘请莫卡尔先生来。’

“‘我感冒了，’他补充道，‘莫卡尔把事情讲给你听。’

“皇帝的私人秘书进来了。

“‘这是比埃罗斯基，莫卡尔，’拿破仑说，‘您知道我需要他做什么。讲给他听吧。’

“他开始在玻璃上弹着，雨点正猛烈地敲打着。

“‘亲爱的伯爵，’莫卡尔坐下，说道，‘这很简单，您不会没听说过一位年轻的天才探险家——亨利·杜维里埃先生吧。’

“我摇了摇头，对这个开场白感到惊讶。

“‘杜维里埃先生在南阿尔及利亚和撒哈拉进行了一次极其大胆的旅行之后，’莫卡尔继续说，‘回到了巴黎。维维安·德·圣-马丹先生，我这几天见到了他，他对我说，地理学会打算就此颁发给他金质大奖章。在旅行中，杜维里埃先生与图阿雷格人的首领们建立了联系，这个民族一直抗拒着陛下军队的影响。’

“我看了看皇帝，我的惊异使他笑起来了。

“‘听吧。’他说。

“‘杜维里埃先生使得这些首领的一个代表团来巴黎向陛下表示敬意。’莫卡尔继续说，‘这次访问可以产生

重要的结果，殖民部长阁下希望签订一个对我国国民有特殊好处的贸易协定。代表团由五人组成，其中有奥特赫曼酋长，是阿杰尔联盟的素丹，他们将于明天早晨到达里昂站[①]。杜维里埃先生在那儿迎候，但是皇帝想……’

“‘我想，’拿破仑说，我的惊异使他极为高兴，‘我的一名侍从去迎接这些穆斯林显贵是很得体的。这就是为什么你到了这里，我可怜的比埃罗斯基。别害怕，’他笑得更厉害了，‘你跟杜维里埃先生在一起。你只负责接待的社交部分：陪同这些伊玛目[②]参加我明天在杜伊勒里宫为他们举行的午宴。然后，晚上，鉴于他们的宗教是很敏感的，你要设法谨慎地让他们领略一番巴黎文明，不要过分，别忘了他们在撒哈拉是一些教会显贵。这方面，我相信你的手段，赋予你全权……莫卡尔！’

“‘陛下？’

“‘您去让外交部出一半，殖民部出一半，付给比埃罗斯基伯爵接待图阿雷格代表团必要的经费。我想开始先给十万法郎吧……伯爵是否要超过这个数目，只需告诉您即可。’

“克莱芒蒂娜住在博卡多尔街的一幢摩尔式的小屋里，那是我从莱塞普先生手里为她买的。我去的时候，她正躺在床上。她一见我，便泪如雨下。

“‘我们真是疯子，’她一边哭一边小声说，‘我们

① 巴黎的一个火车站名。

② 某些伊斯兰国家元首或伊斯兰教教长的称呼。

干了些什么呀！’

“‘克莱芒蒂娜，别这样！’

“‘我们干了些什么呀！我们干了些什么呀！’她还在说，‘他的浓密的黑发贴着我，他的散发着拿侬香水味儿的温暖肉体挨着我。’

“‘怎么了？到底怎么了？’

“‘我……’她贴着我的耳朵边说了句什么。

“‘不，’我呆了，‘你有把握吗？’

“‘是的，我有把握！’

“我吓呆了。

“‘这好像并不使你高兴。’她尖刻地说。

“‘我没这样说，克莱芒蒂娜，反正…我很高兴，我向你保证。’

“‘向我证明——明天我们一起过一天。’

“‘明天，’我跳了起来，‘不行！’

“‘为什么？’她起了疑心。

“因为明天，我得领着图阿雷格代表团在巴黎……皇帝的命令。’

“‘又吹什么牛？’克莱芒蒂娜说。

“我承认再也没有比真理更像谎言的了。

“我把莫卡尔说的话好歹又向克莱芒蒂娜重复了一遍。她听着，那神气意味着：别给我去干！

“最后，我生气了，大发雷霆。

“‘你只要去看看。明天晚上我跟他们一起吃饭，我邀请你。

“‘我肯定去。’她仪态高贵地说。

“我承认，我那时很不冷静。可那又是怎样的一天啊，一觉醒来就是四万法郎的账单。第二天又是在城里陪野蛮人的苦差，更有甚者，宣布我就要不正常地当父亲……

“‘无论如何，’我回家时想，‘这是皇帝的命令。他要我让这些图阿雷格人领略一番巴黎文明。克莱芒蒂娜在社交界风头正盛，眼下不该惹恼她。我去向巴黎咖啡馆为明晚订个房间，告诉格拉蒙-卡德鲁斯和维耶尔-卡斯太尔带上他们疯狂的情妇。看看这些沙漠的孩子们在这个小聚会中如何动作，这还是蛮有高卢味儿的。’

“马赛的火车十点二十分到。在站台上，我找到了杜维里埃先生，一个和善的二十三岁的年轻人，蓝眼睛，留着一撮金色的山羊胡子。图阿雷格人一下火车就投入了他的怀抱。在那老远老远的地方，他跟他们在帐篷里共同生活了两年。他把我介绍给团长奥特赫曼酋长和其他四个人，他们都是俊美的男子汉，穿着蓝布衣，戴着红皮护身符。幸亏这些人说一种萨比尔语[①]，方便得很。

“为安全起见，我只提一提杜伊勒里宫的午宴和晚上在博物馆、市政厅、皇家印刷厂的参观。每一次，图阿雷格人都在留言簿上留下了他们的名字。如此这般，无休无止。为了给你一个概念，请看奥特赫曼酋长一个人的全名：奥特赫曼-本-艾尔-哈吉-艾尔-贝克里-本-艾尔-哈吉-艾尔-法齐-本-穆罕默德-布亚-本-西-阿赫麦德-艾斯-

① 一种阿拉伯语，法语、西班牙语及意大利语的混合语，曾通行于北非及地中海东岸各港口。

苏基-本-马哈茂德。

“而这样的名字有五个！

“但是，我的情绪一直很好，因为在大街上，在各个地方，我们都获得了巨大的成功。六点半在巴黎咖啡馆，气氛达到了狂热的程度。代表们都醉眼蒙眬，拥抱着我。‘好拿破仑，好欧仁尼，好卡西米尔，好罗米人。’格拉蒙-卡德鲁斯、维耶尔-卡斯太尔已经和“疯狂剧院”来的阿娜·格里玛尔蒂以及奥尔当斯·施奈德一起进入了8号厅，她们两个都美得惊人。但是，当我亲爱的克莱芒蒂娜进来的时候，优胜就属于她了。你得知道她穿的是什么：白罗纱长袍，中国蓝塔拉丹布裙，褶子上面还有罗纱褶子和皱泡饰带。罗纱裙的两边都用插有玫瑰色牵牛花的绿叶花环吊起来。她就像一顶圆形的华盖，从前面和两侧都能看见她的塔拉丹布裙。花环一直到腰带，两条花带的中间，还缀有末端长长的玫瑰色缎结。尖口的胸衣上饰有罗纱褶裥，配上带罗纱皱泡和花边的短披肩。帽子呢，乌黑的头发上是一顶冠冕式花冠，两条长长的叶带盘在头发上，垂在颈上。外衣呢，是一种斗篷，蓝色的开司米绣着金线，衬上白缎子里。

“这样的光彩，这样的美，立刻使图阿雷格人激动起来，特别是克莱芒蒂娜的右邻，艾尔-哈吉-本-盖马马，奥特赫曼的亲兄弟，霍加尔的阿莫诺卡尔[1]。他已经很喜欢兑有托卡依葡萄烧酒的野味汤了。当安福太太的糖水

---

[1] 相当于苏丹，由图阿雷格人最高贵的部落首领担任，实际是图阿雷格人之王。

马提尼克水果上来时，他更有了无限热情的种种极端表示。骑士团封地的塞浦路斯葡萄酒终于使他认清了自己的感情。奥尔当斯在桌子底下踩了踩我的脚。也想跟阿娜来这一手的格拉蒙弄错了，引起了一个图阿雷格人愤怒的抗议。当我们该去马比依[①]的时候，我可以肯定，我们明确了我们的客人是以何种方式遵守先知[②]对于酒的禁令的。

“在马比依，当克莱芒蒂娜、奥拉斯、阿娜、吕多维克和三个图阿雷格人正跳着最疯狂的加洛普舞的时候，奥特赫曼酋长把我叫到一旁，以一种明显的激动心情向我转达他的兄弟阿赫麦德的委托。

“第二天一大早，我到了克莱芒蒂娜家里。

“‘我的孩子，’我费了一番劲儿把她叫醒，开始说道，‘听我说，我要跟你严肃地谈谈。’

“她不高兴地揉揉眼睛。

“‘你觉得昨天晚上挨你那么近的那位年轻的阿拉伯老爷怎么样？

“‘可是……不错。’她红着脸说。

“‘你知道在他那里，他是国王，他统治的国土比我们尊敬的主人拿破仑三世皇帝的国土大五六倍吗？’

“‘他跟我嘀咕了些这样的事情。’她说，动了心。

“‘那么，你喜欢登上王位，像我们尊敬的君主欧仁

---

① 七月王朝和第二帝国时巴黎的一个著名娱乐场所，建于1840年。

② 指伊斯兰教的创立人穆罕默德。

尼皇后那样吗？'

"克莱芒蒂娜望着我，目瞪口呆。

"'这是他的亲兄弟，奥特赫曼酋长委托我代表他来谈这件事的。'

"克莱芒蒂娜不应声，又惊又喜。

"'我？皇后？'她终于说了这么一句。

"'由你决定，你得在中午之前做出回答。如果你答应了，我们一起去芳邻吃中饭，一言为定。'

"我看出来了，克莱芒蒂娜决心已定，但她觉得应当表示一点儿感情。

"'你呢，你呢？'她呻吟道，'这样抛下你，绝不！'

"'孩子，别发疯了，'我温柔地说，'你也许还不知道我破产了。我彻底完了，我甚至不知道明天怎么才能偿付你的祛斑奶液。'

"'啊！"她叫了一声。

"但她又补充道：'那……孩子呢？'

"'什么孩子？'

"'我……我们的。'

"'啊！真的。唉！不过，你总能对付过去的。我甚至肯定阿赫麦德酋长会觉得像他的。'

"'你总能开玩笑。'她说，又像笑又像哭。

"第二天，在同一时间，马赛的快车带走了五个图阿雷格人和克莱芒蒂娜。年轻的女人兴高采烈，倚在心花怒放的阿赫麦德酋长的胳膊上。

"'在我们的首都有许多商店吗？'她含情脉脉地问她的未婚夫。

“那一位在面罩底下大笑着回答：

“‘很多，很多。好，罗米人，好。’

“出发的时候，克莱芒蒂娜突然大动感情。

“‘卡西米尔，你一直对我好。我要成为王后了。如果你在这儿有麻烦，答应我，跟我起誓……’

“酋长明白了。他从手指上取下一枚戒指，戴在我的手上。

“‘卡西米尔伙伴，’他有力地说，‘你来找我们。带着阿赫麦德先生的戒指，给人看。霍加尔的所有人都是伙伴。好，霍加尔，好。’

“当我走出里昂站的时候，我感到开成了一个绝妙的玩笑。”

基托米尔的哥萨克公选首领完全醉了。我绞尽了脑汁才明白了他故事的结局，尤其是他不断地混进取自雅克·奥芬巴赫[①]最好的作品中的一段歌词：

一个年轻人走过一座树林，
一个年轻人新鲜又漂亮，
他手里拿着一个苹果，
您从这儿就看得见那幅图画。

“是谁被色当的一击[②]弄得措手不及、狼狈不堪！是

① 法国作曲家（1819—1880）。

② 1870年9月2日，法军在色当被普鲁士军击败，拿破仑三世被俘，导致了第二帝国的崩溃。

卡西米尔，小卡西米尔。9月5日到期，要偿付五千路易，却没有一个苏，不，没有一个苏。我戴上帽子，鼓起勇气，到杜伊勒里宫去。没有皇帝了，没有了。但皇后是那么仁慈。我见她独自在那儿，啊！人们在这种情况下都跑了，只有参议员梅里美[①]先生在身边，他是我唯一认识的人，既是文人，又是上流社会中人。‘夫人，’他对她说，‘放弃一切希望吧。我刚才在皇家大桥上碰见梯也尔先生了，他什么也听不进去。’

“‘夫人，’我说，‘陛下总是会知道谁是他的真朋友的。’

“我吻了她的手。

嗨哟嗨，女神们
有古怪的方式
诱骗，诱骗，诱骗小伙子们。

“我回到里尔街的家里。路上，我碰见了那个流氓[②]，他从立法会议到市政厅去。我的主意已定。

“‘夫人，’我对妻子说，‘我的手枪。’

“‘怎么回事？’她吓坏了。

“‘一切都完了，只剩下挽救名誉了。我要到街垒上去死。’

“‘啊！卡西米尔，’她哭着投进我的怀抱，‘我看

① 法国作家（1803—1870）。

② 当指梯也尔。

错了你。你饶恕我吗？’

“‘我会饶恕的，奥莱丽，’我怀着激动的心情说，‘我自己也有很多错。’

“我摆脱了这个令人难受的场面。六点了，在巴克街，我叫住了一辆流动兜客的马车。

“‘二十法郎的小费，’我对车夫说，‘如果你六点三十七分赶到里昂站的话，我要上马赛的火车。’”

基托米尔的哥萨克公选首领说不下去了。他趴在坐垫上，睡得死死的。

我踉踉跄跄地走近大门。

淡黄色的太阳，从一片湛蓝的山后升起来了。

第十四章　等待的时刻

圣亚威总是喜欢在晚上给我详细地讲述他那不可思议的故事。他把它分成精确的、按时间先后排列的小段，绝不提前讲述我已事先知道其悲惨结局的那幕惨剧的任何一段。无疑，这不是为了效果，我感觉到他远远没有这样的打算，这完全是因为讲述这样的回忆使他沉浸在不寻常的激动之中。

这一天晚上，骆驼队刚刚到达，给我们带来了来自法国的信件。夏特兰拿给我们的信躺在桌子上，还没有打开。回光灯，那广阔漆黑的沙漠中的一团苍白的光环，使我们认得出信封上的地址。噢！圣亚威胜利地微笑了，伸手将所有这些信推开。我急切地对他说：

“继续讲吧。”

他爽快地答应了。

从基托米尔的哥萨克公选首领跟我讲他如何逃亡到我重新出现在昂蒂内阿面前，这中间我的焦急心情你是无论如何也想象不到的。更为奇怪的是，在这焦急之中，丝毫也没有我在某种程度上已被判死刑的这种想法。相反，这焦急是由于我急于要看见事情的到来，即昂蒂内阿的召见，那将是我死亡的信号。但是，召见迟迟不来。我病态的愤怒就产生于这种延宕。

在这段时间内，我有过清醒的时候吗？我不相信。我

不记得我曾经想过：“怎么，你不害臊吗？作为一种无可名状的局面的俘虏，你非但没有做什么以求摆脱，而且还庆幸你的屈服，渴望你的毁灭。”我喜欢待在那儿，盼望着奇遇的下文，这种愿望，我甚至没有利用某种借口来加以美化，而我不想撇下莫朗日独自逃走的意图是可以为我提供这种借口的。如果说我因再也见不到此人而感到沉重不安，那并不是我想知道他安然无恙，而是有别的原因。

何况，我知道他安然无恙。当然，昂蒂内阿的专使仆人白衣图阿雷格人的感情很少外露。女人们也并不喜欢说话。的确，我通过西蒂阿和阿吉达知道，我的同伴很喜欢石榴，受不了香蕉古斯古斯[①]。但是，一旦涉及其他方面的情况，她们就害怕了，逃进长长的通道中去。跟塔尼-杰尔佳就完全是另一回事了。这个小家伙好像对在我面前提到任何有关昂蒂内阿的事情都怀有某种厌恶之情。然而，我知道，她像狗忠于主人一样的忠诚。但是，如果我提到她的名字，相应地提到莫朗日的名字，她就保持一种固执的沉默。

至于白衣人，我不怎么喜欢询问这些不祥的幽灵。再说，那三个人都不大合适。基托米尔的哥萨克公选首领越来越沉湎于烧酒。他仅存的一点点理智，似乎也在他向我讲述自己青年时代的那个晚上丧失殆尽了。我不时地在通道里遇见他，那些通道对他来说突然变得狭窄了，他以一种黏糊糊的声音，用《奥尔当斯王后》的曲调哼着一段歌词：

现在做我的女儿

① 古斯古斯是北非的一种用麦粉团加作料做的菜。

伊萨贝尔的丈夫吧，
因为她最美丽，
而你最勇敢。

斯帕尔代克牧师，这个守财奴，我真想结结实实地给他一耳光。至于那个可恶的、戴一级教育勋章的小个子，那个在红石厅里冷静地写标签的家伙，见了他，如何能不想冲着他喊："喂！喂！教授先生，一个很有意思的尾音脱落现象：Ατλαντiνεμ——脱落了alpha、tau和lambda！我向您指出一个同样有趣的情况：Κλημεντινεα。这是克莱芒蒂娜（Clémentine）——脱落了kappa、lambda、êta和mu。如果莫朗日在我们中间，他会对您就此讲出许多有趣且博学的东西。可惜！莫朗日不愿再到我们中间来了。咱们再也见不到莫朗日了。"

我想知道底细的狂热愿望在那个修指甲的老太婆罗其达那里受到了不那么有保留的对待，我从未像在那些焦急不安的日子里那样频繁地修指甲。现在，六年之后，她大概已经死了。我常常想起她，她很贪杯。可怜的女人对我带给她的酒毫无抵抗力，我也出于礼貌陪着她喝。

与其他奴隶不同，他们是经拉特的商人介绍从南方前往土耳其的，而她出生在君士坦丁堡，被成为拉马德斯的卡依马卡姆[①]的主人带来非洲……但我不会节外生枝，再用这位指甲修剪师的不幸来使这段本来已经够曲折的故事更加复杂。

① 土耳其的省长称呼。

“昂蒂内阿，”她对我说，“是艾尔-哈吉-阿赫麦德-本-盖马马的女儿，他是霍加尔的阿莫诺卡尔，凯尔-莱拉的高贵的大部落的酋长。她生于伊斯兰教历1241年。她从来也不想嫁给什么人。她的意志得到尊重，因为在霍加尔，女人的意志是至高无上的，她今天统治着霍加尔。她是西迪-艾尔-塞努西的堂妹，她只要说一句话，就可以使罗米人血流成河，从杰里德到图瓦特，从乍得到塞内加尔。如果她愿意，她本来可以在罗米人的国家里生活，美丽而受人尊敬。但是她更喜欢让他们到她这儿来。”

“你了解塞格海尔-本-谢伊赫吗？”我问，“他忠于她吗？”

“谁也不大了解塞格海尔-本-谢伊赫，因为他经常出门在外。他的确是全心全意地效力于昂蒂内阿。塞格海尔-本-谢伊赫是塞努西派，昂蒂内阿是塞努西教团首领的堂妹。还有，她对他有救命之恩。他是杀害伟大的凯比尔[①]弗拉泰尔斯的一伙人中的一个。阿杰尔的图阿雷格人的阿莫诺卡尔伊克赫努克赫害怕法国人进行报复，想把塞格海尔-本-谢伊赫交给他们。当全撒哈拉抛弃他的时候，他在昂蒂内阿的身边找到了栖身的地方。塞格海尔-本-谢伊赫永远不会忘恩，因为他是勇敢的，履行先知的律法。为了感谢她，他给那时二十岁还是处女的昂蒂内阿带来了突尼斯第一占领军的三名法国军官，就是在红石厅里占着1、2、3号的那三个人。”

“塞格海尔-本-谢伊赫总是能很好地完成任务吗？”

“塞格海尔-本-谢伊赫久经锻炼，他了解撒哈拉就像

① 阿拉伯国家的高级官员称呼。

我了解自己在山顶上的居所一样。开始的时候，他也可能弄错，因此，他才在最初的几次中把老勒麦日和难看的斯帕尔代克弄了来。”

“昂蒂内阿看见他们说什么了？”

“昂蒂内阿？她笑得好厉害，之后饶了他们。塞格海尔-本-谢伊赫看到她这样笑，感到受了侮辱。从此，他再也没有弄错过了。”

“他从未弄错过？”

“是的。所有他带来的人都是由我来修剪脚趾甲和手指甲，他们都年轻漂亮。但是我应该说，你那同伴，那天在你之后他们给我领了来，他也许是最漂亮的。”

“为什么，”我岔开了这个话题，“为什么她不放了牧师和勒麦日先生，既然她饶了他们了？”

“她好像发现他们有用，”老太婆说，“再说，任何人一进来就不能再出去。不然的话，法国人很快就会来，他们见了红石厅，就会把所有的人都杀死。何况，所有被塞格海尔-本-谢伊赫带来的人，除了一个，都是一见昂蒂内阿就不想逃跑了。”

“她把他们留很久吗？”

“这要看他们和她在他们身上发现的乐趣了。平均两个月或三个月，这要看情况。一个比利时大个子军官，长得像个巨人，还不到八天呢。相反，人人都记得那个小道格拉斯·凯恩，一个英国军官，她留了他将近一年。”

“后来呢？”

“后来他死了。”老太婆说，好像对我的问题感到惊奇。

“他死于什么？”

她说的跟勒麦日先生一样：

“和其他人一样，死于爱情。”

“死于爱情，”她继续说，“他们都死于爱情，他们眼看着他们的时候到了，塞格海尔-本-谢伊赫出发去寻找别人了。好几个人死得异常平静，眼睛里充满大滴的泪水。他们不睡也不吃。一个法国海军军官疯了，他在夜里唱歌，从他房间里传出来的悲惨歌声在整个山中回响。另外一个人，一个西班牙人，好像得了狂犬病，他想咬人。我们不得不打死他。许多人死于印度大麻烟末，一种比鸦片还要厉害的烟末。当他们见不到昂蒂内阿了，他们就抽啊，抽啊。大部分人是这么死的……小凯恩死得不一样。”

“小凯恩是怎么死的？”

“他的死法令我们大家都很难受。我跟你说过，他在我们之间待的时间最长，我们对他已经习惯了。在昂蒂内阿的房间里，有一张涂成蓝色和金色的凯鲁安式小桌子，桌上有一个铃，一把长长的银锤，很重的乌木柄。那个场面是阿吉达跟我讲的。当昂蒂内阿微笑着，她总是不断地微笑，示意小凯恩走的时候，他站在她面前，不说话，脸色苍白。她敲了敲铃，让人把他带走。一个白衣图阿雷格人进来。但是小凯恩跳过去抓起锤子，那个图阿雷格人倒在地上，脑袋开了花。昂蒂内阿一直微笑着。人们把小凯恩带回他的房间。当天夜里，他骗过了看守的监视，从二百尺高的窗户上跳了下去。香料坊的工人们跟我说，他的遗体让他们费了九牛二虎的力气。但是他们还是弄得相当完好，你去看看就知道了。在红石厅里，他占着26号壁龛。”

老太婆喝了一口酒，压下了激动的心情。

“他死的前两天，”她继续说，“我到这里来给他修指甲，这儿原是他的房间。在墙上，在窗户旁边，他用小刀在石上刻了点什么。看，还能看得见呢。”

Was it not fate，that，on this July midnight……[1]

在任何时候，这句英国小军官刻在他跳下去的窗户旁边的石头上的诗，都会使我充满无限的激动。但那时，另一个念头在我心中游荡。

“告诉我，”我尽量平静地说，“当昂蒂内阿把我们中间的一个控制在她的力量之下的时候，她把他囚禁在自己身边，是不是？人们再也见不到他了吗？”

老太婆摇了摇头。

“她不怕他逃跑，这座山是很闭塞的。昂蒂内阿只需在银铃上敲一下，他立刻就会回到她身边。”

“可我的同伴呢。自从她把他叫走后，我就没有再见到他……”

黑女人会意地微微一笑。

“如果你见不到他，那是他更喜欢待在她身边。昂蒂内阿并不强迫他，她当然更不阻止他。”

我狠狠地在桌子上击了一拳。

“滚吧，老疯子！快滚。”

罗其达惊慌失措，忙不迭地收拾她的小工具，逃了。

① 英文：“难道这不是命运，在这七月的午夜……”

Was it not fate，that，on this July midnight……

我听从了黑女人的建议，进入通道，中途迷了路，遇见了斯帕尔代克牧师，才又走上了正路。我推开红石厅的大门，进去了。

这种散发着香味的地下室的清凉空气使我感到舒适。没有一个如此阴森可怖的地方像这里一样为流水的汩汩声所净化。大厅的中央，小瀑布发出淙淙的响声，使我的精神为之一爽。有一天，战斗前夕，我和我那个排趴在高高的草丛中，等待着那催人跳起冲入枪林弹雨之中的哨音。在我的脚旁，流过一道小溪。我听着那清脆的淙淙声，欣赏着清澈流水中的明暗变化，小游虫、黑色的小鱼、绿色的水草以及黄色的波纹状的沙子……水的神秘总是令我心荡神驰。

这里，在这悲惨的大厅中，我的思想被这黑黝黝的小瀑布吸引住了。我感到它是个朋友，它使我在这么多可怕罪行的凝固的见证之间挺立不倒。

26号。正是他，“道格拉斯·凯恩中尉，1862年9月21日生于爱丁堡，1890年7月16日死于霍加尔。”二十八岁。还不到二十八岁！希腊铜皮下一张消瘦的脸，一张忧郁且充满激情的脸。正是他，可怜的小伙子。爱丁堡，我虽然从未去过，可我知道它。从古堡的城墙上，可以望见彭特兰德的丘陵。“再稍微朝下看一看，”史蒂文生[①]的温柔的弗罗拉小姐对圣伊佛的阿娜说，“再稍微朝下看一看，您会看到，在小山的弯处，有一丛树，一片轻烟从树间升

① 英国作家（1850—1894）。引文当出自他的某部作品。

起。那是斯文司顿别墅，哥哥和我跟婶婶住在那儿。如果见到它真的使您高兴的话，那我是很幸福的。”当道格拉斯·凯恩出发去达尔福[①]的时候，他肯定在爱丁堡撇下了一位弗罗拉小姐，像圣伊佛的那位小姐一样长着金色的头发。可这些苗条的姑娘与昂蒂内阿相比算得了什么？凯恩，他是那样理智，那样适于这样一种爱情，却爱上了另一位。他死了。这是27号，由于他，凯恩才在撒哈拉的山岩上摔得粉身碎骨，而他也死了。

“死”“爱”，这两个字在红石厅里回响得多么自然。在这一圈苍白的人像之间，昂蒂内阿显得更加高大了。爱情为了变得如此丰富，难道对死亡就需要到这种程度吗？在全世界，肯定有一些女人和昂蒂内阿一样美，也许比她还美。我请你作证，我没有怎么谈她的美貌。可是，我的这种倾慕，这种狂热，这种献身精神是怎么产生的呢？我怎么能为了拥抱一会儿那个摇摇晃晃的幽灵就准备去干那种我由于害怕颤抖而不敢想象的事情呢？

这是53号，最后的号码。54号将是莫朗日，55号就是我了。六个月之后，也许八个月之后，反正都一样，就在这个壁龛内，他们要把我竖起来，一个空架子，没有眼睛，灵魂死灭，身体被填充起来。

我触碰到了幸福的极限，一种可以分析的狂热。刚才我真像个孩子！我竟在一个修指甲的仆从面前进行指责。我嫉妒莫朗日，真的！为什么我在那儿不嫉妒在场的那些人，不嫉妒其他人，那些不在的人？他们会一个一个地来

---

① 苏丹东部的一个多山地区。

到这些还空着的壁龛内，填满这圈黑带……我知道，莫朗日此时正在昂蒂内阿身边，而想到他的快乐，对我也是一种苦涩而轻松的快乐。但是，三个月之后，也许四个月之后的一天晚上，涂香料的人将来到这里。54号壁龛将收下它的猎物。那时，一个白衣图阿雷格人将向我走来。我将心醉神迷，微微打战。他将碰碰我的胳膊，该轮到我通过那血淋淋的爱情之门进入永恒了。

当我从沉思中醒来时，我已到了图书室里，薄暮模糊了聚在那里的人影。

我认出了勒麦日先生、牧师、哥萨克公选首领、阿吉达、两个白衣图阿雷格人，还有其他几个人，他们聚在一起进行着最热烈的秘密交谈。

我惊讶甚至不安地看到这么多人聚在一起，而平时这些人并不怎么来往。我走近他们。

一件事，一件闻所未闻的事发生了，使整个山里的居民骚动起来。

有人报告，两个从里约·德·奥罗[①]来的西班牙探险家出现在西部的阿德拉·阿赫奈特。

塞格海尔-本-谢伊赫刚听到消息，就立刻准备出发去找他们。

动身之际，他接到按兵不动的命令。

从此，不可能有任何怀疑了。

破天荒第一次，昂蒂内阿坠入情网。

---

① 原西属撒哈拉的南部地区。

第十五章　塔尼-杰尔佳的怨诉

“呼，呼。”

我迷迷糊糊地醒了，刚才我竟在半睡半醒中睡着了。我微微睁开眼睛，身子猛地往后一仰。

“呼。”

在我的脸前两尺的地方，出现了希拉姆王的带黑点的黄鼻子。猎豹看见我醒来了，但它并不太感兴趣，因为它正打哈欠呢。它猩红色的大嘴懒洋洋地张开又合上，漂亮的白牙闪闪发光。

这时，我听见一阵笑声。

那是小塔尼-杰尔佳，她坐在我躺着的沙发旁边的一张垫子上，好奇地看着我与猎豹的对峙。

“希拉姆王感到烦恼了，”她觉得该对我解释一下，“我带它来的。”

“好啊，”我低声埋怨道，“不过，请告诉我，它不能到别处去烦恼吗？”

“它现在孤零零的，”小姑娘说，“人家把它赶出来了。它玩的时候声音吵人。”

这几句话让我想起了昨天的事情。

“如果你不愿意的话，我让它走。”塔尼-杰尔佳说。

“不，让它在这儿吧。”

我同情地看了看猎豹，共同的不幸使我们接近了。

我甚至抚摸了它那隆起的额头。为了表示满意，希拉

姆王伸了伸懒腰，露出了琥珀色的巨爪。地上的席子这时可要大受其苦了。

“还有加雷。”小姑娘说。

“加雷！还有什么？”

这时，我看见塔尼-杰尔佳的膝上有一只奇怪的动物，像大猫一般的体积，扁平的耳朵，长长的嘴，浅灰色的毛很粗糙。

它瞪着可笑的、玫瑰色的小眼睛，望着我。

“这是我的獴。”她说。

“说吧，”我不快地说，“完了吗？”

我的神情大概是很不高兴、很可笑，引得塔尼-杰尔佳大笑起来。

“加雷是我的朋友，”她严肃起来，“是我救了它的命，它那时很小。改天我再给你讲吧。你看它多可爱。”

她说着，把它放在我的膝上。

“你真好，来这儿看我，”我慢慢地说，把手放在小动物的屁股上，“现在几点了？”

“九点过一点儿。看，太阳已经很高了，让我把窗帘放下来。”

房间里顿时暗下来。加雷的眼睛变得更红了，希拉姆王的眼睛更绿了。

“你真好，”我继续这样想着，“看得出来，你今天没有事。你还从来没有这么早来过呢。”

小姑娘的额上掠过一抹阴云。

“我没有事，的确。”她几乎是生硬地说。

于是，我更注意地看了看塔尼-杰尔佳。我第一次意识到她很美。她的头发卷曲适度，披散在肩上。脸上的线条明净极了：直鼻、小嘴、薄唇、下巴坚毅。肤色不是黑的，而是一种紫铜色。身材苗条柔软，显得格外出众。

一个很宽的铜圈套在前额和头发上，成了一个颇为沉重的额饰。手腕和脚腕上戴着四个更宽的镯子，穿着织有金线的绿绸做成的紧身长衣，胸前尖开口。绿色、铜色、金色，集于一身。

“塔尼-杰尔佳，你是桑海人吗？”我温和地问道。

她带着某种自豪感顶了我一句：

“我是桑海人。”

“古怪的小家伙。”我想。

显然，有一点塔尼-杰尔佳是绝口不谈的。我想起来了，当她跟我谈到人家赶走了希拉姆王的时候，她是以一种几乎是痛苦的神情说出那个“人家”的。

“我是桑海人，”她说，“我生在加奥，尼日尔河上的加奥，桑海人的古老首都。我的祖上统治着曼丁哥大帝国。即使我在这儿是奴隶，那也不应该蔑视我。”

在一缕阳光中，加雷的小屁股坐在地上，用前爪捋着发亮的小胡子；希拉姆王趴在席子上睡着了，不时地发出叹息似的呼噜声。

“它做梦呢。”塔尼-杰尔佳说，一个指头放在唇上。

“只有美洲豹才做梦。”我说。

“猎豹也做梦。”她一本正经地说，好像根本没有体会到这句巴拿斯风格的玩笑的妙处。

一阵沉默。然后，她说：

“你该饿了。我想你不会有兴致去跟那些人一块儿

吃饭。”

我没有回答。

“该吃饭了，”她说，“如果你允许的话，我去找吃的，你的和我的。我也把希拉姆王和加雷的饭带来。心里不痛快的时候，不应该一个人待着。”

金绿两色的小仙女出去了，没有听见我的回答。

就这样，我和塔尼-杰尔佳建立了友谊。每天早晨，她带着两头野兽到我房里来。她极少跟我谈起昂蒂内阿，即使谈到了，也总是间接的。她不断地看到的那个我启唇欲出的问题，似乎是她所忍受不了的，我感到她在躲避所有那些我自己也是大着胆子谈及的话题。

为了更好地回避那些话题，她像一只焦躁的小鹦鹉，喋喋不休。

我病了，这个穿绿绸、戴铜饰的小修女所给予我的照顾是无与伦比的。两头野兽，大的和小的，在我床的两侧，在我发昏的时候，我看见它们忧郁、神秘的眸子紧盯着我。

塔尼-杰尔佳用她美妙的声音，给我讲她自己的美丽故事，其中她认为最美的，是她生活的故事。

只是在后来，突然间，我意识到这个小野人已经深深地闯进了我的生活。不管你现在在哪里，亲爱的小姑娘，不管你看见我的悲剧的那个平缓的河岸在哪里，看一眼你的朋友吧，原谅他没有一开始就给予你应有的注意吧。

“关于我的童年，”她说，“我总是记得这样一幅画：朝气蓬勃的、玫瑰色的太阳，在一片清晨的水汽中，升起在一条波浪宽阔平滑的大河上，多水的河，尼日尔河。那是……你没听呀。”

“我在听呢，我向你起誓，小塔尼-杰尔佳。”

“真的，我没让你厌烦吗？你愿意听我说吗？”

“说吧，塔尼-杰尔佳，说吧。”

“那好，我跟我的小伙伴们，我对她们非常好，我们在河边，在枣树下玩耍，枣树是杰格-杰格的兄弟，它的刺刺破了你们先知的头，可我们叫它天堂树，因为我们的先知说，天堂的选民在它的底下停留，它有时候是那么大，那么大，一个骑士一百年也穿不过它投下的阴影。

“我们在那儿编制美丽的花环，用金合欢花、粉红色的马槟榔花和白色的铁线厥花。然后，我们把花环扔进绿色的水中，那是为了避邪，而当一头河马喷着鼻子伸出它那两颊胖乎乎的大脑袋时，我们就像小疯子一样笑起来，不怀恶意地用花环打它，直到它在一片水花中沉下去为止。

“这是早晨。中午，火辣辣的太阳照遍轻轻发出爆裂声的加奥，人们睡午觉，一片死一般的寂静。然后，当炎热退去，我们又回到河边，去看披着铜甲的大鳄鱼在蚊虫笼罩的河岸上慢慢起来，阴险地钻进邻近涝洼地的污泥之中。

“这时，我们又打它们，像早晨打河马一样，太阳正在坠入黑色的山梁后面，为了庆祝，我们跺脚拍手，跳起了习惯的环舞，一边唱着桑海人的传统歌谣。

“这就是我们这些自由的小姑娘们平日所干的事情。但是如果你认为我们只是一味地轻浮，那你就错了，如果你愿意，我跟你讲讲我，跟你说话的我，怎样救了一位法

国大官，从他白色衣袖上的金色绶带的数目来看，他比你大得多。”

“讲吧，小塔尼-杰尔佳。”我说，眼睛望着别处。

“你不该笑，”她继续说，似乎有点生气了，“你不认真听是不对的。但这没关系！我讲这些事情是为了我自己，是因为想起来了。在加奥的上方，尼日尔河拐了个弯。有一小块陆地伸进河里，上面长满了巨大的桉树。那是一个八月的晚上，太阳快要落了，在邻近的森林里，鸟儿都栖在树上了，一动不动地要待到第二天。突然，我们听见从西边传来一阵阵陌生的声音，‘布姆——布姆，布姆——巴拉布姆，布姆——布姆’，越来越大，‘布姆——布姆，布姆——巴拉布姆’，突然飞起了一大群水鸟，白鹭、鹈鹕、野鸭，在桉树上空飞成一片，后边跟着一缕黑烟，刚刚起来的微风吹得它稍稍有些弯曲。

“那是一艘炮艇，它绕过地角，在河的两边激起一阵波浪，下垂的乱草纷纷摇晃起来。后面，我们看到一面蓝白红的旗子拖在水里，那天晚上是那么炎热。

“炮艇靠上小木码头。一条小船放下来了，两个黑人水手划桨，很快，有三个头头跳上岸来。

“最老的那个，一个难看的法国人，披着一件白色大斗篷，我们的话说得极好，要求见索尼-阿兹甲酋长。我父亲走上前去，说就是他本人，那个难看的人说廷巴克图管辖区的司令官很生气，炮艇刚刚在一英里之外撞上了一道看不见的木桩堤坝，船有损坏，不能去安桑戈了。

“我父亲回答道，法国人保护着定居的穷人，使他们不受图阿雷格人的抢掠，是受欢迎的；修筑水坝不是出于恶意，而是为了捕鱼和获取食物，加奥的所有资源都可供法国司令官使用，其中还有一个炼铁厂，可以修理炮艇。

“他们在说话的时候，那个法国大官看着我，我也看着他。那个人已经上了年纪，宽宽的肩膀有些驼了，蓝色的眼睛像我的名字中的泉水一样清澈[①]。

“‘过来，小家伙。’他温和地说。

“‘我是酋长的女儿，我愿意干什么就干什么。’我回答说，他那样无礼，我很生气。

“‘你说得对，’他微笑着说，‘因为你很漂亮。你愿意把你脖子上的花给我吗？’

“那是一个红色木槿花编成的大花环。我递给了他，他拥抱了我。我们讲和了。

“这时，我父亲指挥黑人水手和部落里最强壮的男人把炮艇拖进了小河湾。

“‘明天得一整天，上校，’机械师说，他查看了损坏情况，‘我们只能后天早上走了，还得这些懒惰的黑人水手不怠工才行。’

“‘多讨厌！’我的新朋友咕哝道。

“但是，他的坏心情为时不长，我和我的小伙伴们那么卖力地让他开心。他听了我们最美的歌曲，为了感谢我们，他让我们尝了从船上卸下的许多好吃的东西。他睡在我们的大茅屋里，那是我父亲让给他的，而我，我在入睡之前，透过我和母亲住的茅屋的墙缝，久久地望着船上的

---

① 在柏柏尔语中，“塔尼”的意思是泉水，“杰尔佳”是形容词“蓝色”的阴性形式。——拉鲁先生注（同第十一章）

灯在跳动，在发暗的水面上，投下了一个个红色的圆圈。

“那一夜，我做了个吓人的梦。我看见我的法国军官朋友在平静地睡着，而一只大乌鸦在他头上一边盘旋，一边叫着：‘嘎，嘎。’加奥的桉树阴影在下一夜里，‘嘎，嘎’。对白人首领不利，对他的随从也不利。

“天刚刚发亮，我就去找黑人水手。他们正躺在甲板上，乘白人还在休息来偷懒。

“我找到年纪最大的一个，用威严的口吻对他说话。

“‘听着，我昨夜在梦中看见了黑乌鸦，它对我说加奥的树影在下一夜对你们的首领是不祥的……’

“由于我看到他们还躺着，一动不动，眼睛望着天，好像没听见似的，我又补充道：

“‘对他的随从也不祥。’

“当太阳升得最高的时候，上校正在茅屋里吃饭，还有其他法国人，机械师进去了。

“‘我不知道那些黑人水手怎么了。他们像天使一样干活。如果他们这样继续下去，上校，我们今晚就能出发。’

“‘好极了，’上校说，‘但是，他们别太着急把活儿干坏了。我们不必在这个星期末之前到达安桑戈。白天走更好。’

“我打了个冷战。我走到他跟前，用哀求的口吻对他讲了我的梦。他带着一种惊讶的微笑听我说，然后，他庄严地说：

“‘一言为定，小塔尼-杰尔佳，我们今晚就走，既

然你愿意这样。'

“他拥抱了我。

“当修好的炮艇驶出河湾的时候，阴影已经下来了。法国人，在他们中间我看见了我的朋友，久久地挥动着帽子向我们致意，直到我们看不见他们为止。我独自站在浮动的河堤上，望着河水流去，直到冒烟的船的‘布姆——巴拉布姆’的声音消失在黑夜中。”

塔尼-杰尔佳停顿了片刻，接着说：

“那一夜是加奥的最后一夜。我还在睡觉，月亮还高高地挂在森林上空，一条狗叫了，但时间不长。接着，是男人的吼叫，随后又是女人的号叫，那叫声，只要听见一次就永远不会忘记。当太阳出来的时候，我发现我光着身子，正和我的小伙伴们跌跌撞撞地往北方跑呢，因为看着我们的图阿雷格人骑的骆驼走得很快。后面，是部落的女人，其中有我的母亲，她们两个两个地被叉着脖子，跟在后面。男人很少，几乎所有的男人都和我父亲勇敢的索尼-阿兹甲一起被扼死在加奥的被摧毁的茅屋中，加奥又一次被追杀炮艇上的法国人的一帮阿乌利米当人夷为平地。

“现在，图阿雷格人催促着我们，因为他们害怕有人追赶。我们就这样走了十天左右，随着黍和麻渐渐消失，走路越来越艰难。终于，在基达尔的伊萨克林附近，图阿雷格人把我们卖给了一个特拉尔查的摩尔人的商队，他们从马布鲁克到拉特去。起初，走得不那么快了，我以为幸福来了。可是，突然荒漠变成了一片坚硬的石头，女人们开始倒下了，男人早就死在棍棒之下了，因为他们拒绝走得更远。

“我还有小跑的力气，甚至尽量走在前面，试图听不见我的小朋友们的叫声，当她们之中有谁跌倒在路上，而她又显然再也起不来的时候，就有一个看守跳下骆驼，把她拖到商队的一边扼死。可是，有一天，我听到一声喊叫，迫使我转回去。那是我的母亲。她跪在地上，向我伸出可怜的双臂。我转眼间到了她身边，但是一个高大的摩尔人，全身穿着白衣服，把我们分开了。他的脖子上挂着一串黑念珠，从一个红色摩洛哥皮鞘里抽出刀来。我现在还看得见棕色皮肤上的蓝色刀锋。又一阵可怕的叫声。随后，我被一阵大棒驱赶着，咽下我小小的眼泪，小跑着回到我的位置上去。

“在阿西乌井那边，摩尔商人受到一伙凯尔-塔兹霍莱特的图阿雷格人的袭击，被杀得一个不留，凯尔-塔兹霍莱特的图阿雷格人是统治着霍加尔的凯尔-勒拉特大部落的奴隶。这样，我就被带到了这里，被献给了喜欢我的昂蒂内阿，她一直对我很好。这样，今天用你甚至不爱听的故事来平复你高烧的人，不是一个奴隶，而是伟大的桑海皇帝们的最后一个后裔，是被杀人灭国的索尼-阿里的后代，是穆罕默德-阿兹甲的后代，他去过麦加朝圣，带着一千五百名骑士和三十万米特卡尔[1]黄金，那时候我们的势力无可争辩地从乍得伸展到图瓦特，伸展到西部的大海，而加奥在其他城市之上竖起了它的穹顶，那天空的姐妹，所有穹顶中最高的穹顶，就是柽柳处于高粱之中也不能与之相比。”

① 砝码单位，一米特卡尔合4.68克。

第十六章　银锤

我不再抵抗了，我只想去察看我应该奉献他的地方。

——《安德洛玛刻》[1]

我将要讲到的事情发生的那天夜里，天气是这样的：快到五点钟的时候，天色转暗，空气沉闷，出现了风暴在即的种种征候。

这是我永远不忘的，那一天是1897年1月5日。

希拉姆王和加雷闷得喘不过气来，趴在我房间里的席上。

我和塔尼-杰尔佳俯身在石窗上，留神捕捉着闪电的先兆。

闪电一道一道地出现了，用那发蓝的光划破包容一切的黑暗。但是一声雷也没有。风暴抓不住霍加尔的山巅，不爆而过，使我浑身浸在闷热的汗水中。

“我去睡觉了。”塔尼-杰尔佳说。

我已经说过，她的房间就在我的上面，窗户也在我的窗户上面十几米的地方。

她把加雷抱在怀里。但是，希拉姆王无论如何也不肯听话，四只爪子抓住席子，发出了愤怒而哀伤的叫声。

---

① 法国剧作家拉辛（1639—1699）的著名悲剧。

“让它在这儿吧，”最后，我对塔尼-杰尔佳说，“仅此一次，它可以睡在这儿。”

这样，这头小野兽就对将要发生的事情负了很大一部分责任。

我独自一人，陷入了深思。夜色漆黑，大山整个儿被包裹在一片寂静之中。

猎豹的吼声越来越刺耳，打断了我的沉思。

希拉姆王站起来，用爪子划着门，发出了吱吱的响声。它刚才拒绝跟随塔尼-杰尔佳，现在却想出去了。它想出去。

“安静！”我说，“行了，行了，睡觉吧。”

我试图把它从门上拉开。

我得到的结果，却是挨了一爪，被打了个趔趄。

于是，我坐到了沙发上。

我坐的时间不长。“跟自己要坦白点，”我想，“自从莫朗日撇下了我，自从我见了昂蒂内阿，我只有一个念头。塔尼-杰尔佳的故事是迷人的，可用它来自我欺骗有什么用呢。这只猎豹是个借口，也许是个向导。啊！我感到这一夜要发生一些神秘的事情。我怎么能够这么长时间无所行动！”

我立即做出了决定。

“如果我打开门，”我想，“希拉姆王会扑进通道，要跟上它可就难了。得想别的办法。”

窗帘是用一段细绳系住的，我把它放下来，用细绳拧成一股结实的带子，拴在猎豹的金属颈圈上。

我打开门。

“现在，你可以走了。轻点，喂，轻点！”

果然，我费了九牛二虎之力，才稳住了希拉姆王的热情，它拖着我在错综、黑暗的通道里穿行。

快到九点了，壁龛中的玫瑰色的灯几乎全都熄灭了，不时地还碰到一盏，嗞嗞地发出最后的光亮。真是一座迷宫！我已经知道，我再也认不出回房间的路了，我只能跟着猎豹走了。

开始时，它大发雷霆，渐渐地，它对拖着我也习惯了。它高兴地吸着鼻子，几乎是贴着地跑着。

漆黑的走廊条条都一样。突然，我产生了怀疑：如果我突然进了赌厅怎么办？但这可是错怪了希拉姆王。这么长时间了，它也是想那亲密的聚会想得心里发痒，这头正直的野兽，它正在准确无误地带我去我所希望去的地方。

突然，在一个拐弯的地方，我们前面的黑暗消失了。一个红绿两色的圆窗出现了，发出暗淡的光亮。

这时，猎豹停下了，低低地“喵呜”了一声，前面是一道门，那发亮的圆窗就开在这门上。

我认出了这道门，我来的第二天，白衣图阿雷格人带我从这儿穿过，我受到了希拉姆王的袭击，我见到了昂蒂内阿。

“我们今天的关系好多了。”我悄悄地恭维它，不让它发出冒冒失失的咕噜声。

同时，我试图打开门。地上，彩色大玻璃窗投下了红红绿绿的影子。

只有一个简单的插销，我一转即开。这时，我收短了带子，以便更好地控制希拉姆王，它已经开始焦躁不

安了。

我第一次看见昂蒂内阿的那间大厅里一片黑暗。但是它外面的花园却闪闪发光，月光混浊，风暴闷在空中，炸不开。一丝风也没有。那个湖像一团锡一样发亮。

我在一张垫子上坐下，将猎豹牢牢地夹在我的两膝间，焦急地发出呼噜声。我在考虑，不是考虑我的目的，那早已确定了，我考虑的是手段。

这时，我似乎听到了一阵远远的喊喳声，一种低沉的人语声。

希拉姆王哼得更响了，挣扎起来。我稍稍松了松带子，它开始贴着阴暗的墙壁，朝着似乎有声音传来的方向走去。我跟着它，尽量小心地在散乱的坐垫中间踉跄而行。

突然，我绊了一下。猎豹停住了，我感觉到自己踩着了它的尾巴。好样的，它没有叫。

现在，我的眼睛习惯了黑暗，分辨出了昂蒂内阿出现在我面前时所坐的那一堆金字塔似的地毯。

我用手摸索着墙壁，感到了第二扇门。轻轻地，轻轻地，像推开第一扇门时一样，我推开了这扇门。猎豹轻轻地吼了一声。

“希拉姆王，”我悄悄地说，“别作声。”

我抱住了它有力的脖子。

我的手感到了它那又热又湿的舌头。它身子的两侧一起一伏，被一种巨大的幸福掀动着。

在我们前面，一间新的大厅出现了，中间部分被照亮了。六个人坐在中间的席子上，正在玩掷骰子的游戏，一边用极小的长把铜杯喝着咖啡。

一盏灯吊在顶棚上，照亮了他们这一圈人。他们的周围一片漆黑。

黑面孔、铜杯、白斗篷、黑暗、晃动的光亮，构成了一幅奇特的腐蚀版画。

他们屏神敛气，郑重其事地玩着，用沙哑的声音报着点数。

这时，还是轻轻地，轻轻地，我松开了套在小野兽颈圈上的带子，它早已等不及了。

“冲，我的儿子。”

只见它尖声大叫，一跃而起。

不出我之所料。

希拉姆王只一跃，就跳进了白衣图阿雷格人中间，在这些守卫中引起一片混乱。再一跃，它就消失在黑暗中了。我影影绰绰地看见了第二条通道的道口，在大厅的另一端，正对着我刚才停留的那一条通道。

“就是那儿。”我想。

大厅里是一片无法描述的混乱，但是静悄悄的，看得出来，邻近就是那个伟大的女王，恼怒的守卫们只好忍气吞声。赌金和骰杯滚在一边，杯子滚在另一边。

有两个图阿雷格人腰疼得厉害，一边揉着腰，一边低声骂着。

不用说，我利用这场无声的混乱，溜进了那个房间。我现在紧贴着第二条通道的墙壁，刚才希拉姆王就是从这里消失的。

就在这时，响起一阵清脆的铃声。图阿雷格人颤抖了

一下，我从中看出我走的路线是对的。

其中一个人站了起来，从我身旁走过，我踩着他的脚印，跟着他。我十分镇静，任何微小的动作都是经过精心算计过的。

“我到了那儿，”我心里嘀咕着，“会冒什么样的风险呢，也许被礼貌地请回到我的房间里去。”

图阿雷格人掀起一道门帘，我跟着他进了昂蒂内阿的房间。

房间很大，里面半明半暗。灯罩把光亮限在昂蒂内阿所在的右边，而左边则是漆黑一片。

进过穆斯林内室的人都知道有一种叫作“布袋木偶”的所在，那是一种挖在墙上的方形墙洞，离地有四尺高，洞口用一块挂毯堵着。有木梯可以进去。我猜到左边有一个“布袋木偶”，我钻了进去。黑暗中，我的血管怦怦直跳，但我一直是镇静的。

从那儿，一切我都看得、听得一清二楚。

我在昂蒂内阿的房间里。那房间里除了有许多地毯之外，并没有任何特别的地方。顶棚在黑暗中，但是，好几盏灯在发亮的织物和兽皮上投下暗淡而柔和的光来。

昂蒂内阿躺在一张狮子皮上，正在吸烟。一个小银盘，一把长颈壶摆在她身边。希拉姆王蜷在她脚边，发狂似的舔着她的脚。

白衣图阿雷格人直挺挺地站着，一只手放在胸口上，一只手放在前额上，一副敬礼的姿态。

昂蒂内阿看也不看他，口气极其严厉地说道：

“你们为什么让猎豹过来？我说过我要一个人待着。”

“它撞倒了我们，主人。”白衣图阿雷格人低声下气地说。

“难道门没有关吗？”

图阿雷格人没有回答。

“要把猎豹带走吗？”他问。

希拉姆王恶狠狠地盯着他，他的一双眼睛也望着它，那眼神足以说明他希望得到一个否定的回答。

“既然它在这儿了，就让它留下吧。”昂蒂内阿说。

她用她的小银烟斗烦躁地敲着盘子。

“上尉在干什么？”她问。

“他刚才吃晚饭呢，胃口很好。”图阿雷格人回答说。

“他什么也没说？”

“不，他要求看他的同事，另一位军官。”

她更急促地敲着那小盘子。

“他还是什么也不说吗？”

“是的，主人。”那人回答道。

昂蒂内阿小巧的额头立刻变得苍白了。

“去找他。”她粗暴地说。

图阿雷格人一躬身，出去了。

我听见这段对话，心里充满了不可名状的焦虑。这样，莫朗日，莫朗日……难道那是真的吗？是我错误地怀疑了莫朗日吗？他想见我，但是他不能！

我的眼睛一直盯着昂蒂内阿。

这已经不再是我们第一次见面时的那个高傲的、爱嘲弄人的公主了。那个金质眼镜蛇饰也不再竖起在她的额上

了，没有一只手镯，没有一枚戒指，她只穿着一件交织着金丝的宽大的长袍。黑色的头发去除了一切约束，像一片乌木一样披在她那纤细的肩上，披在她那赤裸的胳膊上。

她美丽的眼皮发青了。一道烦恼的皱纹绞着她那神圣的嘴。我是怀着喜悦的心情还是痛苦的心情看着这个新的克娄巴特拉如此地激动呢？我不知道。

希拉姆王蜷缩在她的脚边，用驯服的目光紧紧地盯着她。

一面巨大的希腊铜镜反射着金光，镶嵌在右边的墙里。突然，昂蒂内阿在镜前站了起来。我看见她一丝不挂。

又苦涩又辉煌的一幅图景！一个女人自以为独自一人对着镜子，等待着她想驯服的男人，她该如何去做呢？

从分设在屋内各处的六个香炉内，升起了看不见的烟柱，散发出香气。贝特雷阿拉伯的香脂的精华编织着波浪状的网，缠住了我的淫念……昂蒂内阿背对着我，像一株百合花，亭亭立在镜前，她微笑了。

通道上响起了沉闷的脚步声。立刻，昂蒂内阿又摆出那副懒洋洋的姿态，像我第一次见她时那样。只有亲眼见了这种变化才能相信。

莫朗日跟着一个白衣图阿雷格人进入房间。

他也有些苍白。尤其使我惊讶的，是笼罩在那张脸上的坦然平和的表情，可我还以为认识这张脸呢。我感到自己从来也没有理解过莫朗日这个人，从来也没有。

他笔直地站在昂蒂内阿面前，好像没有注意到她让他坐在她身边的表示。

她微笑着望着他。

“你也许感到奇怪，”她终于开口了，“这么晚了，我还让你来。”

莫朗日无动于衷。

“你好好地考虑了吗？”她问。

莫朗日庄重地微微一笑，没有回答。

我从昂蒂内阿的脸上看出，她正竭力继续微笑着。我佩服这两个人的自制力。

“我让你来，”她接着说，“你猜不出为什么吗？那好，是为了向你宣布某种你料想不到的事情。我对你说：我从未遇见过你这样的男人，这并不是向你披露一桩秘密。你被囚禁在我身边的整个时间内，你只表示了一种愿望。你记得是什么吗？”

“我向您请求，”莫朗日淡淡地说，“允许我在临死之前再见见我的朋友。”

听到这些话，我不知道在自己心中狂喜和感动这两种感情谁战胜了谁：我因听到莫朗日称昂蒂内阿为“您”而感到狂喜，因知道了什么是他唯一的愿望而感动。

但是，昂蒂内阿已经以很平静的口吻说话了：

“正是，就是为此我才叫你来，告诉你你将见到他。我还要进一步。你可能会更加蔑视我，因为你看到只要你不屈服就足以使我接受你的意志，而我从来是让别人接受我的意志的。无论如何，这已经决定了：我恢复你们两个人的自由。明天，塞格海尔-本-谢伊赫将把你们送出五大圆圈。你满意了吗？”

“我满意了。”莫朗日带着嘲弄的微笑说。

昂蒂内阿望着他。

“这将使我，”他接着说，“把我打算在这里进行的下一次旅行组织得更好一些。因为您不怀疑我一定会回来向您致谢的。只是这一次，为了使一位如此伟大的女王得到她应得的荣誉，我将请求我的政府给我二百或三百名欧洲士兵和几门大炮。”

昂蒂内阿站了起来，脸色灰白。

“你说什么？”

“我说这是预料之中的，”莫朗日冷冷地说，“先威胁，后许诺。”

昂蒂内阿朝他走过去。他叉起了胳膊。他怀着某种庄严的怜悯望着她。

“我将让你死于最残忍的刑罚。”她说。

“我是您的俘虏。”莫朗日说。

“你将忍受你甚至不能设想的事情的折磨。”

莫朗日以同样的充满忧郁的平静重复道：

“我是您的俘虏。”

昂蒂内阿像一头困兽一样在大厅里来回转着。她朝我的同伴走去，丧失了理智，照他脸上打了一记耳光。

他微微一笑，紧紧地抓住她的两个纤细的手腕，捏在一起，使她不能动了，他的动作中力量和优雅奇妙地混合在一起。

希拉姆王吼了一声。我以为它要扑上去了。可是，莫朗日冷静的目光镇住了它，它呆住了。

“我要当着你的面让你的同伴死。”昂蒂内阿结结巴巴地说。

我觉得莫朗日的脸色变得更白了，但这转瞬即逝。他回击的那句话的高贵和尖锐令我惊骇。

“我的同伴是勇敢的，他不怕死。我还确信他宁愿死去，也不会接受我以您建议于我的代价为他赎回的生命。”

说完，他放开昂蒂内阿的手腕。她的脸惨白得吓人。我感到那最后的话就要从她的嘴里出来了。

“听着。”她说。

她此时是多么美啊，在她被蔑视的威严中，在她的第一次无能为力的美貌中！

“听着，”她接着说，“听着。最后一次。想想我掌握着这座宫殿的大门，想想我对你的生命拥有无上的权威，想想只有我爱你你才能呼吸，想想……”

“这一切我都想过了。”莫朗日说。

“最后一次。”昂蒂内阿重复道。

莫朗日的脸上浮现出一种神奇的恬静，竟使得我看不见昂蒂内阿了。在这张刹那间变得光彩照人的脸上，世间的一切都不复存在了。

“最后一次。”昂蒂内阿的声音几乎破裂了。

莫朗日不再看她了。

“那好，让你满意吧！”她说。

一阵清脆的声音响起，她在银铃上敲了一下。白衣图阿雷格人出现了。

“出去。”

莫朗日昂着头出去了。

现在，昂蒂内阿在我的怀里。我紧抱在心口上的不是那个高傲的、看不起人的淫荡女人了，而只是一个不幸

的、受人嘲弄的小姑娘了。

她已经虚弱到这种程度，看到我在她身边冒出来竟不感到惊讶。她的头靠在我的肩上，我透过她的头发看见了那鹰一样的小小的侧影，仿佛乌云中的一弯新月。她温暖的胳膊痉挛般地紧抱着我……

啊，颤抖的人心……

在这各种各样的香气中，在这潮湿的黑夜中，谁能抵抗住这样的拥抱？我感到我只是一个被丢弃的人了。这是我的声音吗？这低语着的声音：

“你愿意我干的事，你要求我干的事，我会干的，我会干的。”

我的感官变得更敏锐更丰富了。我的头向后仰着，靠在一个神经质的、温暖的小小的膝盖上。云样的香气在旋转。突然，我觉得顶棚上的金灯晃动起来，像是巨大的香炉。这是我的声音吗？这声音在梦中重复着：

“你要我干的事情，我会干的。”

我看见昂蒂内阿的脸几乎贴着我的脸，在那巨大的眸子里，一道奇特的光闪过去了。

稍微远一些，我看见了希拉姆王的光芒四射的眸子。在它旁边，有一个凯鲁安式的小桌子，漆成蓝色和金色。桌子上，我看见了昂蒂内阿唤人的铃。我看见了她刚才敲过的锤子，一把乌木长柄、带有很重的银头的锤子……小凯恩中尉用来打死人的锤子。

我什么也看不见了……

第十七章　岩上处女

我醒来的时候是在自己的房间里。太阳已经升上天顶，房间里又亮又热，让人受不了。

我睁开眼睛看见的第一件东西，是被扯下扔在房中间的窗帘。这时，夜里的事情开始模模糊糊地浮上我的脑际。

我的脑袋昏昏沉沉，很难受。我的智力衰退了，我的记忆力好像被堵塞了。“我和猎豹出去了，这是肯定的。我食指上的红印证明了我曾用力拉住它的带子，我的膝盖上还粘着灰尘。的确，我曾沿墙爬过一阵，在白衣图阿雷格人玩骰子的大厅里，在希拉姆王扑过去的时候。后来呢？啊，对了，莫朗日和昂蒂内阿……后来呢？……”

后来我就不知道了。但是，应该发生过什么事情，我想不起来的什么事情。

我感到浑身不适。我本来想回忆起来，但是，我觉得我害怕回忆起来；我还从来没有体验到比这更痛苦的矛盾。

“从这里到昂蒂内阿的房间有很长一段路。他们把我送回来的时候，我一定是睡得死死的，因为他们最后还是把我送了回来，好让我什么也觉察不到！”

“去呼吸点新鲜空气吧，”我自言自语道，“这里热死了，我要发疯了。”

我要见人，随便什么人。我机械地朝图书室走去。

我发现勒麦日先生欣喜若狂。教授正在撕开一个缝得很仔细的大包裹，包皮是棕色的。

“您来得正好，亲爱的先生，”他看见我进去，喊道，“杂志刚到。”

他心急火燎地忙着。现在，从包裹的一侧哗地滑出一些书来，蓝色的、绿色的、黄色的、橙色的。

“啊，啊，还好，还好，”他高兴得跳了起来，“还不太晚，这是10月15日的。要是表扬这个好样的阿莫尔的话，我投他一票。”

他的愉快也感染了我。

“这是的黎波里的那位可敬的土耳其商人，他同意给我们订阅两个大陆的所有有趣的杂志。他经过拉达麦斯送出去，送到哪儿他并不太关心。这是法国杂志。”

勒麦日先生兴奋地浏览着目录。

“国内政治：弗朗西·夏尔姆、阿那托尔·勒鲁瓦-博里约、多松维尔诸先生关于沙皇巴黎之行的文章。瞧，达弗奈尔先生关于中世纪的工资的一篇文章。现在是诗了，青年诗人弗尔南·格莱克、爱德蒙·哈罗古尔的诗。啊！亨利·德·卡斯特里先生关于伊斯兰的书的一篇概述。这可能更有意思……亲爱的先生，别客气啊，什么东西对您合适，您就拿吧。”

快乐使人变得可爱了，而勒麦日先生的确是快乐得发狂了。

从窗户吹进来一点微风。我走近栏杆，俯在上面，开始翻一本《两世界杂志》。

我并不读，只是翻翻，两眼时而看着爬满了黑色的小字的纸，时而看看落日下泛着淡红色、发出干裂声的多石盆地。

突然，我的注意力开始集中了。一种奇特的对应在文章与风景之间建立起来了。

> 在我们头上，空中的云只剩下几抹轻痕，宛如烧尽的木柴留下的些许白灰。太阳照红了山的峰巅，使其庄严的轮廓线凸进碧空。一种巨大的忧郁和温柔从上面倾泻进荒僻的盆地，仿佛一种神奇的浆液倾入深深的杯爵……[①]

我狂热地翻过几页，似乎我的思想开始清晰了。

在我身后，勒麦日先生正在专心阅读一本杂志，嘴里嘟嘟囔囔，越读越生气。

我继续读我的：

> 在我们脚下，在一片耀眼的光亮中，处处展现出一派绝美的景象。一列山脉荒凉贫瘠，一直到最高的山顶都是纤毫毕露，一目了然，像一大堆宏伟的、没有定型的东西躺倒在地上，仿佛原始时代巨人们搏斗的见证，令人类惊怖。
>
> 倾圮的塔……

---

① 贝加百列·邓南遮《岩上处女》，载1896年10月15日《两世界杂志》，第867页及其他一些地方。——原注

“无耻，纯粹是无耻。”教授不断地说着。

……倾圮的塔，崩溃的城堡，倒塌的穹顶，断裂的圆柱，肢解的巨像，船首，怪物的臀部，巨人的骨架，这有凸起有凹陷的巨大的一堆，模拟出一切宏伟和悲壮的东西。远处的东西是这样清晰……

“纯粹是无耻。”勒麦日先生一直在说，愤怒地用拳头捶着桌子。

……远处的东西是这样清晰，我分得清每个东西的轮廓，好像维奥朗特以一种创造性的手势让我从窗口观看的那座山，在我的眼前无限地增大了……

我浑身震颤着合上杂志。在我前面，我和昂蒂内阿第一次见面时她指给我看的那座白山，现在变成红色，巨大，陡峭，俯视着金褐色的花园。

“那是我的天涯。”她说。

这时，勒麦日先生的愤怒爆发了。

“这超过了无耻，这是卑鄙。”

我真想扼死他，让他闭上嘴。他抓住我的胳膊，让我作证。

“您读一读这个，先生，不用特别内行，您就能看出，这篇关于罗马非洲的文章是毫无理智的奇谈怪论，是天大的无知，而且还有署名，您知道署的谁的名字吗？”

“别讨厌。”我粗暴地说。

“嘿，署的是加斯东·布瓦西埃。就是他，先生！加斯东·布瓦西埃，荣誉团二级勋章获得者，高等师范学校的讲师，法兰西学士院的终身秘书，文学和铭文学士院的院士，拒绝我要写的论文主题的人之一，是……可怜的大学，可怜的法兰西！”

我的额上满是汗水。但我觉得自己的脑袋仿佛是一个房间，窗户一扇扇打开了，回忆浮现出来，像鸽子拍着翅膀回到了鸽舍。我不再听他的了，又开始阅读：

……现在，她全身不可抑制地颤抖着，眼睛睁得大大的，仿佛一个残酷的景象使之充满了恐怖。

“安托奈洛……”她结结巴巴地说。

好一会儿，她说不出别的话来。

我怀着不可名状的焦虑望着她，灵魂中忍受着痛苦，看着她那可爱的嘴唇紧咬着。她眼中的景象传到了我的眼中，我又看见了安托奈洛灰白而瘦削的面孔，他那迅速跳动着的眼皮，一阵焦虑突然传遍了他又高又瘦的身躯，他像一茎脆弱的芦苇一样颤抖起来。

我不再多读了，把杂志扔在桌子上。

“就是这样。”我说。

我用来裁纸的刀子正是勒麦日先生割断包裹绳的那一把，那是一把乌木柄的短匕首，图阿雷格人把这种刀放在左臂贴肉的刀鞘中。

我把刀放进我的法兰绒骑兵短上衣的宽大衣兜里，向

门口走去。

我刚要出门，听见了勒麦日先生叫我：

“德·圣亚威先生！德·圣亚威先生！”

我回过头去。

“请提供一点小情况。”。

“什么事？”

“噢! 没什么大事。您知道是我负责给红石厅写标签……”

我走近桌子。

“我开始时没有向莫朗日先生打听他的出生时间和地点，后来也没有机会了，我再没有见到他。结果，我现在非求助于您不可了。您能告诉我吗？”

“我能。”我说，语气很平静。

他从一个盒子里拿出一张很宽的白硬纸标签，那里有好几张，然后，他把笔蘸上墨水。

“说吧，54号，什么上尉？”

“让-马利-弗朗索瓦·莫朗日上尉。”

正当我一只手扶着桌沿口授的时候，我看见在我雪白的衣袖上有一个斑点，一个棕红色的小斑点。

“莫朗日上尉，”勒麦日先生一边重复，一边写完我同伴的名字，“生于……”

“维尔弗朗什。”

“维尔弗朗什，罗纳。什么时间？”

“1859年10月14日。”

“1859年10月14日。好。1897年1月5日死于霍加尔。完了，大功告成。亲爱的先生，我衷心地感谢您的帮助。”

“为您效劳，先生。”

说完，我平静地离开了勒麦日先生。

我的决心已定，我再说一遍，我非常镇静。但是，我在告别勒麦日先生的时候，我感到需要在决定与执行之间间隔一段时间。

我先在通道上游荡了一会儿，然后，在我逛到自己的房间附近的时候，我径直朝它走去。我进去了，里面还是热得不能忍受。我在沙发上坐下，开始考虑起来。

匕首放在兜里碍手碍脚，我把它拿出来，放在地上。

那是一把结实的匕首，有菱形的刀锋。

在刀柄和刀锋之间有一个红皮箍。

看到它，使我想起了银锤，想到我很容易把它拿到手，刺……

那个场面的所有细节都清清楚楚地呈现在我脑子里。但是，我没有抖一下，似乎我一会儿去杀死那个谋杀的唆使者这一决心允许我冷静地想到这些残暴的细节。

如果说我考虑自己的行动，那是为了使我惊讶，而并不是为了谴责我。

“怎么！”我自言自语道，“这个莫朗日，他也曾经是个孩子，像所有其他的孩子一样，让他的母亲在怀他的日子里受了那么多痛苦，却是我杀了他。是我切断了这条生命，人的一生是爱情、眼泪和被超越的障碍所构成的一座纪念碑，我却使它化为乌有。真的，这是一次多么不寻常的冒险啊！”

这就是我当时所考虑的一切。没有不安，没有悔恨，

也没有谋杀后的那种莎士比亚式的恐惧，然而今天，虽然我对任何事物都抱怀疑态度，我比任何人都更感到厌倦，感到幻灭，那种莎士比亚式的恐惧却使我颤抖，如果我夜里独自处在一间黑屋子里的话。

“干吧，”我想，“是时候了，该了结了。”

我拾起匕首，在放入口袋之前，我先做了个刺过去的动作。一切顺利。刀柄牢牢地攥在我手里。

通往昂蒂内阿住处的那条路，我从来也没有自己走过，第一次是白衣图阿雷格人领我去的，第二次是跟着猎豹去的。尽管如此，我还是不费力便找到了。快到那扇开着圆窗的大门时，我遇见了一个图阿雷格人。

“让我过去，”我命令道，“你的女主人让人叫我来。”

那人服从了，闪在一边。

很快，一种低沉的单调旋律传入我的耳中。我听出来那是勒巴查的声音，一种图阿雷格妇女弹的独弦琴。弹琴的是阿吉达，正坐在她的女主人的脚旁。其余三个女人也围着她。塔尼-杰尔佳不在。

啊！既然这是我最后一次见到她，就让我跟你谈谈昂蒂内阿吧，跟你说说，在这最后的时刻，我觉得她是什么样子。

她感觉到了压在她头上的威胁吗？她曾经施展她最强大的手段来对抗过吗？在我的回忆中，我上一夜紧紧地抱在心口上的是一个纤细的、赤裸的肉体，没戴戒指，也没戴头饰。而现在，我几乎退了一步，我面前的不是一个女人，而是一位女王，遍身珠光宝气，俨然一个偶像。

法老们的惊人豪华压在这个纤细的身体上。她的头上是一顶神祇和帝王戴的巨大双冠[①]，用黄金做成，上面用图阿雷格人的国石祖母绿宝石缀成她的图阿雷格文的名字。她披着一件长袍，像一件庄严呆板的紧身褡，用红缎缝制，用金线绣着荷花。她的脚边竖着一柄乌木权杖，以三股叉为头。裸露的胳膊上戴着两个眼镜蛇臂饰，蛇尾直伸到腋下，仿佛要盘结在那里。从双冠的护耳上垂下一挂祖母绿宝石项链，其第一圈像帽带一样地兜住下颌，而其余数圈一直垂到裸露的胸脯。

当我进去的时候，她微微一笑。

“我正等着你呢。”她淡淡地说。

我走上前去，在离她的座位四步远的地方停下了，笔直地站在她面前。

她嘲弄地望着我。

“那是什么？”她十分镇静地说。

我的眼睛跟随着她手指的方向，看见匕首柄从衣袋里伸了出来。

我把匕首完全拔了出来，紧紧地握在手里，准备刺过去。

“你们中间谁要动一动，我就让人把她丢在离这里六里[②]外的地方，一丝不挂，扔在红沙漠的中央。”昂蒂内阿冷冷地对那些女人说，我的举动在她们中间引起了一阵恐怖的喊喳声。

她接着对我说：“这把匕首实在太丑了，你拿着它

① 古埃及法老戴的象征统治上下埃及的王冠。

② 此处是法国古里，一古里约合四公里。

很不像样。你愿意我让西蒂阿到我房里去把银锤给你拿来吗？你使用它比使用这把匕首更熟练。”

“昂蒂内阿，”我闷声闷气地说，“我要杀了您。”

“用‘你’称呼我吧，用‘你’称呼我吧。昨天晚上我们就是你我相称的。在她们面前你不敢吗？”她指了指那几个吓得瞪大了眼睛的女人。

她接着说：“杀了我？你有些反复无常。杀了我，在你可以获得杀害另一个人的奖赏之际……”

“他……他痛苦了吗？”我突然问道，浑身发抖。

“你使用锤子就像你一辈子专门干这种事情一样。”

“像小凯恩一样。”我喃喃地说。

她惊奇地笑了笑。

“啊！你知道这故事……是的，像小凯恩一样。但是，凯恩至少还是合乎情理的，而你……我不理解。”

“我也不太理解。”

她望着我，怀着一种饶有兴味的好奇心。

“昂蒂内阿。”我说。

“什么事？”

“你让我干的事，我干了。现在，我能向你提出一个请求，提出一个问题吗？”

“尽管说吧。”

“他在的那个房间，里面很黑，是吧。”

“很黑。我不得不把你一直领到他睡觉的沙发跟前。”

“他睡着了，你肯定吗？”

“我跟你说了。”

“他……没有当场就死，是吧。”

“没有。我确切地知道，你敲下去，大叫一声跑了，两分钟之后，他死了。”

“那么，他大概不能知道……”

“知道什么？”

“是我……拿着锤子。”

“的确，他本来可以不知道，”昂蒂内阿说，“然而，他知道了。”

“怎么？”

“他知道了，因为我跟他说了。”她说，紧盯着我的眼睛，她的眼睛里充满了令人钦佩的勇气。

“那，”我低声道，“他相信了吗？”

“有我的解释，他在你的喊声中认出了你。如果他不该知道是你，那事情对我就没有任何意义了。”她轻蔑地嘿嘿一笑，结束道。

我说过，我距昂蒂内阿四步远。我纵身一跃，到了她跟前，还没等我刺过去，我一下子跌倒了。

原来是希拉姆王朝我的喉咙扑过来了。

同时，我听见了昂蒂内阿威严而平静的声音。

“叫人来！”她命令道。

转瞬间，我从猎豹的爪子中挣脱出来。六个白衣图阿雷格人正围着我，企图把我绑起来。

我还是相当有劲儿的，也很激动。我一会儿工夫就站了起来。我根据拳术的最好的规矩，一拳打在一个敌人的下巴上，把他摔出去十尺远，另一个也在我的膝下喘着粗气。这时，我最后一次看了看昂蒂内阿。她站了起来，两手扶在乌木权杖上，含着嘲讽的微笑，观看着这场搏斗。

就在这时，我大叫一声，松开了我的牺牲品。我的左臂咔嚓一响，原来一个图阿雷格人从后面抓住这只胳膊，一拧，使我的肩膀脱了臼。

我被捆住了手脚，一动也不能动，两个白衣幽灵抬着我。在通道里，我昏过去了。

第十八章　黄萤

窗户大开着，苍白的月光涌进我的房间。

我躺在沙发上，旁边，站着一个白色的、纤细的身影。

“是你呀！塔尼-杰尔佳。”我轻轻地说。

她把一个指头放在唇上。

“嘘！是我。”

我想撑起身子，可肩膀上一阵剧痛。下午的事情又浮现在我那可怜的、悲伤的头脑里。

“啊！小家伙，小家伙，如果你知道！……”

“我知道。”她说。

我比一个孩子还虚弱。白天巨大的亢奋过后，随着夜的降临，是精神上的绝对消沉。一股泪水涌上来，哽住了我的喉咙。

“如果你知道，如果你知道……带我走吧，小家伙，带我走吧。”

“小点声说话，门外有人站岗。”

“带我走吧，救救我吧。”

“我就是为这个来的。”她简简单单地说。

我看了看她，她不再穿那件美丽的红绸长外衣了，身上只裹着一领简单的白罩袍，一个角稍稍地往头上拉了拉。

“我也想走，”她憋着声音说，“我早就想走了。我想重见加奥、河边的村庄、蓝色的桉树、绿色的水流。”

她又说：

“自从我来到这儿，我就想走；但是我太小了，不能一个人在撒哈拉大沙漠里走。在你之前，我从来也不敢跟来这儿的那些人说。他们都是只想她……但是你，你想杀死她。”

我低低地发出一声呻吟。

“你疼吧？他们把你的胳膊打断了。”

“至少是脱臼了。”

“让我看看。”

她用柔软的小手轻抚着我的肩。

“门外有一个白衣图阿雷格人站岗，”我说，“你是从哪儿来的？”

“从那儿。”她说。

她伸手指了指窗户，一条黑线垂直地切开了那一方蓝天。

塔尼-杰尔佳走到窗前。我看着她站在窗台上，手中一把刀闪闪发亮；她齐着窗户的上沿割断绳子，只听得啪的一声，绳子掉在地上。

她又回到我的身边。

“走，走，从哪儿走呢？”我说。

“从那儿。”她说。

她又指了指窗户。

我俯下身去，我充满了狂热的眼睛仔细看着深井一般的黑暗，寻找着看不见的岩石，小凯恩在上面粉身碎骨的岩石。

“从那儿！”我发抖了，“从这儿到地面有二百尺呀。”

“可绳子有二百五十尺，”她反驳道，“是根好绳子，很结实，是我刚才从绿洲里偷来的，刚才用来放树的，是崭新的呢。”

“从那儿下，塔尼-杰尔佳。可我的肩膀？！”

“我放你下去，”她坚定地说，“摸摸我的胳膊，看它们多有劲儿。当然不是用胳膊送你下去。你看，窗户的两侧各有一根大理石圆柱，我把绳子绕过其中一根，转一圈，让你滑下去，我几乎感觉不到你的重量。”

她又说：

“还有，看，我每隔十尺绕一个大结，这样，如果我想喘口气的话，我就可以停一停。”

“那你呢？”

“你到了下面，我就把绳子缠在圆柱上，下去找你。如果绳子拉得我的手太疼的话，我就在大结上休息。别担心，我很灵巧。在加奥，我很小的时候就爬上桉树，差不多和这一样高，去掏窝里的小犀鸟。下更容易。”

“但是，下去之后，我们怎么出去呢？你认识圆圈的路吗？”

“谁也不认识，除了塞格海尔-本-谢伊赫，也许还有昂蒂内阿。”

“还有呢？”

“还有……还有塞格海尔-本-谢伊赫的骆驼，驮着他出门的那些骆驼。我牵了一峰，最有力的一峰，我把它牵到了下面，放了很多草，好让它不叫唤，在我们出发时吃得饱饱的。”

“但是……”我还在说。

她跺了跺脚。

“但是什么？如果你愿意，如果你害怕，你就留下；我嘛，我是要走的；我想重见加奥、蓝色的桉树、绿色的水流。”

“我走，塔尼-杰尔佳，我宁愿在沙漠里渴死也不愿意留在这儿。走吧……”

“嘘！”她说，“还不到时候。”

她指了指那令人眩晕的、被月亮照得雪亮的山梁。

“还不到时候，得等一等。有人会看见我们的。一个小时之后，月亮就转到山后了，那时候再走。”

她坐下了，一句话也不说，罩袍完全盖住了她黑黑的小脸。她在祈祷吗？也许。

突然，她不见了。黑暗从窗户中进来了，月亮转过去了。

塔尼-杰尔佳把手放在我的胳膊上，她拉着我朝深渊走，我竭力不发抖。

在我们底下，只是一片黑暗了。塔尼-杰尔佳对我说，声音很低，但很坚定：“准备好了，我已经在圆柱上绕好了绳子。这是活动的结，放在你的胳膊底下。啊！拿上这个垫子，垫在你那受伤的肩膀上……一个皮垫子……塞得很满。你面向石壁，它会保护你不被碰到和擦伤的。”

我现在已经很镇静了，能控制自己了，我坐在窗台上，两脚悬空。一阵清凉的空气从山顶吹来，我感到很舒服。

我感觉到塔尼-杰尔佳的小手伸进我上衣的口袋里了。

“这是一个盒子。你到了底下，我得知道，然后我再下去。你打开这个盒子，里面有黄萤，我看见了它们，我就下来。”

她的手久久地握着我的手。

“现在下吧。”她小声说。

我下了。

关于这次二百尺的降落，我只记住一件事：当绳子停下，我悬在又光又滑的半山腰，两条腿悬在空中的时候，我发了一阵脾气。“这个小傻瓜在等什么，”我想，“我已经吊了一刻钟了……啊！终于到了！得，还要停一停。”有一两次，我以为是触着了地，其实不过是岩石中的一个平面，还得迅速地轻轻瞪一脚……突然，我坐到了地上，我伸出手去。荆棘……一根刺扎了我的指头，我到了。

立刻，我又变得异常紧张。

我拿掉垫子，拿掉活动的结。我用那只好手拉直绳子，让它离开石壁五六尺远，用脚踩住。

同时，我从口袋里掏出小纸盒，打开。

三个活动的光影相继升起在浓墨似的夜空中；我看见黄萤沿着山腰上升，上升。它们淡红色的光环轻飘飘地滑动着，一个接着一个，打着旋儿，消失了……

“你累了，中尉先生。放下吧，让我拉着绳子。”

塞格海尔-本-谢伊赫从我身边钻了出来。

我望着他那高大乌黑的身影，簌簌地抖了好一阵，但是我并没有松开绳子，我已经感觉到绳子的远处动了几下了。

“放下。”他专横地说道。

说着，他从我手中夺过绳子。

这时候，我真不知道自己成了一副什么模样。我站在这个漆黑的幽灵旁边。你说我能怎么办，我的肩膀脱了臼，此人的敏捷有力我也知道。再说那又有什么用呢？我见他弓着身子，用两只手，两只脚，用全身的力气拉直绳子，比我自己做得好多了。

头上一阵窸窣声，一团黑乎乎的小东西下来了。

“好了。”塞格海尔-本-谢伊赫说着，用他那有力的胳膊抱住那小黑影，放在地上，松开的绳子来回撞着绝壁。

塔尼-杰尔佳认出了图阿雷格人，呻吟了一声。

他粗暴地用手捂住了她的嘴。

“别说话，偷骆驼的贼，可恶的小苍蝇。”

他抓住她的胳膊，转向我。

“现在来吧。”他口气蛮横地说。

我服从了。在短短的路上，我听见塔尼-杰尔佳吓得牙床骨咯咯作响。

我们到了一个小山洞前。

“进去吧。”图阿雷格人说。

他点着了一个火炬，我借着红色的光亮，看见一峰绝美的骆驼，正平静地反刍呢。

“小家伙不笨，”塞格海尔-本-谢伊赫指着那牲口说，“她会挑最漂亮、最有力气的。但是她丢三落四。”

他把火炬靠近骆驼。

“她丢三落四，”他继续说，“她只知道套骆驼。可是没有水，没有吃的。三天之后的这个时候，你们三个都会死在路上……而那是条什么路！”

塔尼-杰尔佳的牙不再打战了，她又是害怕又是怀着希望地看着他。

“中尉先生，”塞格海尔-本-谢伊赫说，“到这儿来，挨着骆驼，让我对你说说。”

我走到他身边，他说：“每一侧有一个盛满水的水袋，尽可能地节省用水，因为你们是在穿越一个可怕的地方，有可能走五百公里还见不到一口井。”

“这儿，”他接着说，“在这些口袋里有罐头。不是很多，因为水更宝贵；还有一杆卡宾枪，你的卡宾枪，先生。尽量拿它只打羚羊。现在，还有这个。”

他打开一卷纸。我看见他低下了戴面罩的脸，他的眼睛微笑着望着我。

“一旦走出圆圈，你想往哪儿走？”他问。

“往伊德莱走，上次你遇到我们，我和上尉的那条路。”我说。

塞格海尔-本-谢伊赫摇了摇头。

“我料到了。”他轻声说。

他补充道：

“明天日落之前，你们，你和小家伙，就会被追上杀死。”他冷冷地说。

他接着说：

“往北，是霍加尔，整个霍加尔都服从昂蒂内阿。应该往南走。”

“那我们就往南走。”我说。

“你们从哪儿往南呢？”

“从锡莱和提米萨奥呀。”

图阿雷格人又摇摇头。

“他们也会到这边找你们的，”他说，“这是一条好路，路上有井。他们知道你认识这条路。图阿雷格人肯定会在井旁守着你。”

“那怎么走？”

“这样走，”塞格海尔-本-谢伊赫说，“应该走从提米萨奥到廷巴克图的那条路，离这儿七百公里，往伊弗卢阿纳那个方向，如果朝着特莱姆锡干谷走，那就更好了。霍加尔的图阿雷格人的活动区域到那儿为止，阿乌利米当的图阿雷格人的活动区域从那儿开始。”

塔尼-杰尔佳细小却倔强的声音响起来了。

“就是阿乌利米当人杀了我们的人，使我沦为奴隶，我不愿意从阿乌利米当人的地盘经过。”

“闭嘴，可恶的小苍蝇。”塞格海尔-本-谢伊赫严厉地说。

他继续说，总是对着我：

“我说什么就是什么。小家伙说得不错，阿乌利米当人是很凶悍的，但是他们怕法国人。他们很多人都和尼日尔河北面的哨所有关系。另外，霍加尔的人正跟他们打仗，不会追到那边去。我说什么就是什么，你们必须在阿乌利米当人的活动区域内踏上去廷巴克图的路。他们的地方有树，泉水很多。如果你们到了特莱姆锡干谷，你们就可以在一个开满金合欢花的山丘下结束旅程了。再说，从这儿到特莱姆锡干谷，路程要比从提米萨奥走短，而且是一条笔直的路。”

“是一条笔直的路，的确，”我说，“但是，你知道，走这条路，要穿越‘干渴之国’。”

塞格海尔-本-谢伊赫不耐烦地挥挥手。

“塞格海尔-本-谢伊赫知道，”他说，“他知道干渴之国意味着什么。他知道，走遍了撒哈拉的他也会在经过干渴之国和南塔西里的时候发抖。他知道骆驼会在那儿迷路、死亡或者变成野骆驼，因为谁也不会冒着生命危险去找它们……正是包围着这个地区的恐惧才能拯救你们。再说，必须做出选择：或者在干渴之国冒渴死的危险，或者在其他任何一条路上被扼死。”

他又添了一句：

“你们也可以留在这里。”

“我的选择已定，塞格海尔-本-谢伊赫。”我说。

“好，”他说，又打开了那一卷纸，“这一条线的起点是第二个陆地圈的开口，我将带你们去。它通到伊弗卢阿纳。我标出了井，但你别太相信，因为许多井是干的。注意不要离开这条线。如果你离开了，那便是死亡。现在，跟小家伙上骆驼吧。两个比四个声音小。”

我们在沉默中走了很久。塞格海尔-本-谢伊赫走在前面，他的骆驼驯服地跟着他。我们连续穿过一条漆黑的通道，一个狭窄的山口，另一条通道……每一个入口都被乱成一团的石头和茅草掩蔽着。

突然，一股烫人的热气在我们鬓边飞旋。一缕发红的、暗淡的光亮照进了正在结束的通道里。沙漠就在那儿了。

塞格海尔-本-谢伊赫停下了。

“下来吧。”他说。

一股泉水在乱石中发出淙淙的响声，图阿雷格人走了过去，用一只皮杯盛满了水。

“喝吧。”他轮流递给我们。

我们喝了。

“再喝，”他命令道，“这也是在节省袋子里的水呀。现在，力争在日落之前不要喝。”

他检查了骆驼的系带。

“一切都好，”他低声说，“走吧，再过两个钟头，天就亮了，你们得走出人们的视线。”

在这最后的时刻，一阵激动攫住了我。我向图阿雷格人走过去，握住了他的手。

“塞格海尔-本-谢伊赫，”我低声说，“你为什么要这样做？”

他退后一步，我看见他阴沉的两眼闪闪发光。

“为什么？”他说。

“是的，为什么？”

“先知允许义人，”他庄重地回答道，“一生中有一次可以让怜悯心战胜责任心，塞格海尔-本-谢伊赫为了曾经救过他的性命的人利用这种许可。”

“那么，”我说，“你不害怕我回去以后，对众人泄露昂蒂内阿的秘密吗？”

他摇了摇头。

“我不害怕，”他说，口气是嘲讽的，“中尉先生，你对你们那里的人知道上尉先生是如何死的这件事是不会感兴趣的。”

我发抖了，这个回答是这样的合乎逻辑。

“我没有杀死小家伙，”图阿雷格人接着说，“可能是犯了一个错误。但是她爱你，她什么也不会说的。走吧，天很快就要亮了。”

我试图握握这位古怪的救命恩人的手，他却朝后退了退。

“别感谢我，我所做的都是为了自己，为了在上帝面前积德。你要清楚地知道，我绝不再这样做了，无论对别人还是对你。”

我正要表示他在这一点上可以放心，他却说，那嘲弄的口吻至今还在我的耳边回响：

“别反驳，别反驳。我做的事情对我有用处，而不是对你有用处。”

我望着他，迷惑不解。

“不是对你有用，中尉先生，不是对你有用，”他语气庄严地说，“因为你会回来的。到了那一天，塞格海尔-本-谢伊赫的好意就不算数了。”

“我会回来？”我喃喃地说，打了个冷战。

他站立着，宛若灰色绝壁前的一尊雕像。

“你会回来的，”他用力地说，“现在你逃跑了，如果你以为自己还会以你离开时的那双眼睛看待你的世界，那你就错了。一种思想，总是那一种思想，从此将到处跟随着你，一年、五年、十年之后的某一天，你将再度经过你刚刚走过的这条通道。”

“住嘴，塞格海尔-本-谢伊赫！”塔尼-杰尔佳说，

声音发颤。

“你住嘴，可恶的小苍蝇。”塞格海尔-本-谢伊赫说。

他冷笑了一声：

“你看，小家伙害怕了，因为她知道我说得对，因为她知道那个故事，吉尔伯蒂中尉的故事。”

“吉尔伯蒂中尉？”我的两鬓渗出了汗水。

“那是位意大利军官，八年前，我在拉特和拉达麦斯之间的地方遇见了他。他对昂蒂内阿的爱开始时并没有使他忘记对于生命的爱。他试图逃走，他成功了，我不知道是怎么回事，因为我并没有帮助他，他回到了他的国家。可是，你听着，两年之后，我去找他，还是那一天，我在北圈的前面碰到一个人，他正徒劳无益地寻找着入口，样子十分悲惨，衣服破破烂烂，又累又饿，快要死了。那人正是回来的吉尔伯蒂中尉。他在红石厅里占着39号。”

图阿雷格人嘿嘿笑了两声。

“这就是你想知道的吉尔伯蒂中尉的故事……但是我们说得够了。上骆驼吧。”

我顺从了，没有说话。塔尼-杰尔佳坐在后面，用她的小胳膊搂着我。

塞格海尔-本-谢伊赫一直拉着缰绳。

“还有一句话，”他说，向南指着远处紫色的天际上的一个黑点，“你看那座风化残丘，那就是你们的方向。它离这里三十公里。你们必须在太阳升起的时候到达那里。那时你再看地图，下一个参照点标在上面。如果你不离开那条线，你们将在八天之后到达特莱姆锡干谷。”

迎着从南方刮来的凄风，骆驼伸直了长长的脖子。

图阿雷格人松开缰绳，姿态十分慷慨：

“现在走吧。”

“谢谢，”我在鞍上回过头去，对他说，“谢谢，塞格海尔-本-谢伊赫，永别了。”

我听见了他的回答，那声音已经很远了：

“再见，德·圣亚威中尉。”

第十九章　干渴之国

我们逃走的第一个小时，塞格海尔-本-谢伊赫的大骆驼带着我们走得飞快。我们至少走了五里地[①]。我目不转睛，引着牲口直奔图阿雷格人指给我的那座风化残丘，在已经泛白的天际，丘脊变得越来越大了。

我们走得飞快，微风在我们耳畔轻轻地呼啸着。左边和右边，大丛大丛的台灵草纷纷退去，像是一些阴沉的，没有血肉的骷髅。

在骆驼喘口气的间隙，我听见了塔尼-杰尔佳的声音。

“停下骆驼。”

我开始没有明白。

她的手狠狠地抓住我的右臂。

我服从了。骆驼很不乐意地放慢了脚步。

“听。”小姑娘说。

开始，我什么也听不见。随后，我听见后面一阵很轻微的声音，一阵干燥的沙沙声。

“停下骆驼，”塔尼-杰尔佳命令道，“不用让它跪下。”

同时，一个灰色的小东西跳上了骆驼，骆驼走得更快了。

“让它走吧，”塔尼-杰尔佳说，“加雷跳上来了。”

---

① 此处系法国古里。

这时，我感到自己的手下有一团竖起的毛。原来，那只㹴一直尾随着我们，最后赶上了我们。现在，我听见这只勇敢的小野兽的呼吸渐渐平静下来。

“我真高兴。”塔尼-杰尔佳喃喃地说。

塞格海尔-本-谢伊赫没有说错，我们在日出的时候越过了风化残丘。我向后看了看，在黎明驱赶着的夜气中，阿塔科尔山只是一堆巨大的乱石了。在那些无名的峭壁中，已经不能分辨出昂蒂内阿继续编织她的爱情之网的那一座了。

你知道干渴之国是什么，那是“完美的高原”，荒凉的、不能居住的地方，是饥渴之邦。我们现在进入的那一部分，杜维里埃称为南塔西里，在公共工程部的地图上，这个地区有一段引人注目的说明：“多石的高原，无水源，无植物，人畜不宜停留。”

没有任何地方，也许除了卡拉哈里沙漠[①]的几个地方，比这片乱石成堆的荒漠更可怕了。啊！塞格海尔-本-谢伊赫说没有人会想到要到这里追赶我们，是并不过分的。

夜色仍固执地不肯完全散去。在我的脑海中，各种回忆互相碰撞，彼此间没有丝毫的关联。我想起了书上的一句话：“迪克觉得，自从开天辟地以来，他除了在黑暗中骑着骆驼前进以外，没做过别的事情。”我轻轻地笑了，我想：“几个钟头以来，我在拼凑着文学作品中的场面。

---

① 非洲南部内陆干燥区的总称。

刚才，在离地百尺之上，我是《巴玛修道院》[①]中的法布里斯，正在城堡主塔的半腰中。现在，我骑在骆驼上，成了《熄灭的灯光》[②]中的迪克，正在穿越荒漠，寻找他的战友们。”我又笑了，随即打了个冷战，想到了前一夜，想到了《安德洛玛刻》中的俄瑞斯忒斯，他同意去刺杀庇吕斯[③]……也是一种极富文学性的情景。

到达阿乌利米当人的林木繁茂的地区，就离苏丹的大草原不远了，塞格海尔-本-谢伊赫给我们算了八天，他很了解他的牲口的能力。塔尼-杰尔佳立刻就给它起了名字，叫“艾尔-梅伦”，“白色”的意思，因为这峰俊美的骆驼的毛几乎是全白的。有一次，它两天没有吃东西，只是这里那里地从几株金合欢树上扯点儿树枝，那可恶的白刺差不多有十厘米长，我真替我们朋友的食道担心。塞格海尔-本-谢伊赫说的井果然都在标出的位置上，但我们只看到了烫人的、发黄的稀泥。骆驼可以饮用，结果，五天之后，由于奇迹般的节制，我们只用了一个皮袋里的水的一半。这时，我们可以认为我们得救了。

那一天，我在一口这样的泥井旁边一枪打死了一只长着小直角的沙丘羚羊。塔尼-杰尔佳剥了皮，我们饱餐了

---

① 法国作家斯丹达尔的小说。主人公法布里斯曾缘绳索坠出囚禁他的城堡。

② 英国作家吉卜林（1865—1936）的小说，迪克是书中的主人公。

③ 希腊神话中阿伽门农之子，爱上爱妙娜，受其指使，前去刺杀其未婚夫庇吕斯。

一顿烤得恰到好处的羚羊腿。在这段时间里，在我们白天歇脚的时候，小加雷不顾炎热，不断地在石缝中搜索“乌拉那”，一种三尺长的沙鳄，发现了就很快扭断它的脖子，它吃得动都动不了了。我们用将近一升的水帮助它消化。我们很愿意给它，因为我们感到幸福。塔尼-杰尔佳没有对我说，但我看得出来，她由于确信我不再想那个戴着缀满祖母绿宝石的金双冠的女人而喜气洋洋。的确，那些天里，我几乎没有想她，我只想到如何躲避酷热，想到如何把羊皮袋放进石缝中一小时，以使水清凉，想到当把盛满这种救命水的皮杯挨近嘴唇时所感到的巨大幸福……我可以高声地说，比任何人都高声地说：巨大的激情，大脑的或感官的，是那些吃饱、喝足、休息得好的人的事。

晚上五点钟，可怕的炎热渐渐减退。我们走出绝壁的凹处，我们在那儿睡了一会儿午觉。我们坐在一块大石头上，望着渐渐变红的西方。

我展开那个纸卷，塞格海尔-本-谢伊赫在那上面画出了我们的旅程，直到去苏丹的路。我又一次高兴地看到，他的路线是准确的，我是一丝不苟地沿着这条路走的。

“后天晚上，”我说，“我们就要开始往特莱姆锡干谷走了，第二天凌晨就到了。到了那儿，我们就不用考虑水了。”

塔尼-杰尔佳的脸消瘦了，但她的眼睛发亮了。

“那加奥呢？”她问。

“再有一个星期就到尼日尔河了。塞格海尔-本-谢伊赫说，从特莱姆锡干谷开始，我们就在金合欢花下走路了。”

“我认得金合欢花，”她说，“那是些小黄球，放在手里能化。但我更喜欢马槟榔花。你跟我一块儿去加奥吧。我跟你说过，我父亲索尼－阿兹甲被阿乌利米当人杀死了。但是，那儿的人在那之后该是重建了村庄。他们习以为常了。你看你会受到什么样的接待吧。”

“我去，塔尼-杰尔佳，我去，我向你许下诺言。但是，你也得向我许诺……”

“什么？啊！我猜出来了。如果你以为我可以说出一些让我的朋友难过的事情来，那你可就把我当成一个小傻瓜了。”

说这些话的时候，她一直望着我。巨大的疲劳以及节制把她棕色的面庞勾勒得更加清晰，一双大眼睛闪闪发光……后来，我有了时间，用圆规在地图上永远地确定了那个地方，在那里，我第一次理解了塔尼-杰尔佳的眼睛的美。

我们之间笼罩着一片深沉的寂静，是她率先打破了沉默。

“天快黑了，该吃饭了，好尽快地出发。”

她站起来，朝着绝壁走去。

我几乎立刻听见她叫我，语调中的焦虑吓了我一跳。

“来，啊！来看呀。”

我一下子跳到她身边。

“骆驼，”她悄悄地说，“骆驼！”

我望着，周身一阵剧烈的震颤。在岩石的另一侧，艾尔－梅伦直挺挺地躺着，灰白的两肋在剧烈地抽搐，正处在奄奄一息之中。

至于我们如何照料这头牲口，如何急得团团转，也没有什么必要强调了。艾尔－梅伦因何而死，我不知道，我一直不知道。所有的骆驼都是这样。它们最强壮，同时也最娇贵。它们可以在最可怕的不毛之地中行走六个月，吃得很少，喝得很少，却更为健康。然后，有那么一天，什么也不缺，它们却躺倒在地上，就这么一走了之，让你手足无措。

我和塔尼-杰尔佳，我们看到没有什么办法了，就站了起来，无言地望着这头牲口，它的抽动越来越弱了。当它呼出最后一口气时，我们感到，我们的生命也飞走了。

塔尼-杰尔佳首先开了口。

"我们离去苏丹的路还有多远？"她问。

"我们离特莱姆锡干谷二百公里，"我回答道，"往伊弗卢阿纳走，可以节省三十公里，可是这条路上没有画出井来。"

"应该朝特莱姆锡干谷走，"她说，"二百公里，要走七天吧？"

"至少七天，塔尼-杰尔佳。"

"第一口井有多远？"

"六十公里。"

小姑娘的脸有点紧缩了，但是她很快便直起身来。

"要立即出发。"

"出发，塔尼-杰尔佳，出发，步行！"

她跺着脚。我看她这样坚强，心中十分敬佩。

"要出发，"她说，"我们赶紧吃饭喝水，也让加雷吃饭喝水，既然我们不能带走全部罐头，而羊皮袋又是

那么沉，带着它我们走不了十公里。我们在罐头上弄个小洞，把它倒空，装上水。这点水我们晚上用，今晚我们要不喝水走三十公里。明天晚上，再走三十公里，就到塞格海尔-本-谢伊赫在纸上画的那口井了。”

“啊！”我难过地说，“如果我的胳膊不是这样，我就能带着羊皮袋了。”

“它是什么样就是什么样，”塔尼-杰尔佳说，“你拿着枪和两个罐头，我带两个罐头，再加上盛水的罐头。现在来吧。如果我们想走三十公里，必须在一个小时内出发。你知道，太阳一出来，山石那么热，就走不了啦。”

这个小时的开头我们是那么有信心，而它却在怎样沮丧的沉默中结束，让别人去设想吧。我认为，如果没有小姑娘，我会坐在石头上，我会等待。只有加雷是高兴的。

“不该让它吃得太多，”塔尼-杰尔佳说，“它会跟不上我们的。再说，明天得走多少路啊。如果它再捉到一条沙鳄，那是我们的。”

你在沙漠里走过，你知道入夜的头几个小时是很可怕的。当又大又黄的月亮出来的时候，仿佛起了一片呛人的尘土，像水汽一样上升，让人喘不过气来。人的牙床骨机械地、持续不断地咬着，像是要嚼碎这尘土，它像一团火似的钻进你的嗓子眼儿里去。接着，也许是习惯，出现了某种安宁、懒洋洋的感觉。人往前走，什么也不想。人忘了自己在走。只是在绊了一跤之后，才想起来自己在走。的确，常常绊倒。不过，这总是可以忍受的。人们心里想：“夜快过去了，夜过去了，这段路也就过去了。反正，我现在不像开头那样累了。”黑夜过去了，然而这却是最残酷的时刻。渴得要死，冷得发抖。所有的疲劳一齐压上来。可怕的小风预告着黎明，却使你得不到半点慰藉。每一次失足，人们都自言自语道：“下一回是最后一次了。”

这就是那些人的所感和所言，不过，他总还知道，几个钟头之后，等待他们的是一个舒服的歇脚处，有吃有喝……

我疼得厉害，任何磕碰都要反射到我那可怜的肩膀上去。有一阵，我真想不走了，坐下来。那时候，我看见塔尼-杰尔佳，几乎是闭着眼睛，一步步往前走。在她的脸上，有一种无法描述的痛苦和意志的混合。我也闭上眼睛，继续走下去。

这就是第一阶段。黎明时分，我们在一堵绝壁的凹处停下了。很快，炎热就迫使我们起来去寻找一个更深的凹处。塔尼-杰尔佳不吃东西，但她一口气喝掉了罐头盒里的水的一半。整整一天，她都昏昏沉沉的。加雷围着石壁打转，一边发出尖细的呻吟声。

我不谈第二阶段了，它是在人们所能想象的一切恐怖中度过的。我忍受了人类在沙漠中所能忍受的一切。但是，我已经意识到，我的男子汉的力量战胜了我的小同伴的精神力量，我心中充满了无限的怜悯之情。可怜的孩子走着，不说话，嘴里嚼着蒙着标注的白罩袍的一角。加雷跟着她。

我们步履艰难地朝着标注好的那口井走去，在塞格海尔-本-谢伊赫的纸上是用“Tissaririn”这个词标出的。

“Tissaririn”是“Tessarirt”的双数，意思是“两棵孤独的树”。

天亮了，我终于看见了两棵树，两棵胶树。树离我们还不到一里[1]远，我高兴得大叫了一声。

“塔尼-杰尔佳，再坚持一下，井到了！”

她拉开面罩，我看见了那可怜的、焦虑的面孔。

“好极了，”她喃喃地说，“好极了，因为否则……”

她未能说完这句话。

最后一公里，我们几乎是跑过去的。我们已经看见井口了。

终于，我们到了。

井是空的！

渴死，是一种很奇怪的感觉。开始时，痛苦是可怕的，接着，痛苦减轻了。你失去了感觉。你生活中的许多可笑的小细节浮现出来，像蚊子一样围着你飞。我开始回忆起圣西尔军校入学考试时我的历史考试，关于马朗戈战役。我固执地重复道：“在凯莱尔曼发起冲锋时，马尔蒙揭去炮台伪装，有十七门……我现在想起来了，只有十二门。我肯定，是十二门。”我一再重复：

“是十二门。”

我在一阵昏迷中跌倒了。

一种烧红的铁烙在额头上的感觉使我苏醒过来了。我睁开眼睛，塔尼-杰尔佳正俯身朝着我。原来是她的手烫

① 此处为法国古里。

得我有了那样的感觉。

“起来，”她说，“走吧。”

“还走，塔尼-杰尔佳！沙漠在燃烧中，太阳正在天顶。现在是中午啊。”

这时，我看出来她是发狂了。

她站着，白罩袍滑到地上。小加雷蜷成一团睡在里面。

她光着头，不理会火辣辣的太阳，只是重复着：

“走吧。”

我稍微清醒了些。

“蒙上你的头，塔尼-杰尔佳。蒙上你的头。”

“走吧，”她重复着，“走吧。加奥在那儿，很近，我感觉到了。我要重见加奥。”

我强迫她坐下，坐在我身边，坐在一块岩石的阴影里。我感觉到她一点力气也没有了。巨大的怜悯涌上我的心头，使我理智了。

“加奥在那儿，很近，是不是？”她说。

她闪亮的眼睛中充满了哀求。

“是的，小家伙，亲爱的小姑娘。加奥在那儿。可是，为了上帝，你躺下吧。太阳很毒。”

“啊！加奥，加奥！我早就知道，”她反复地说，“我早就知道我会重见加奥的。”

她坐了起来，火热的小手紧紧地握住我的手。

“听着，为了让你能够明白，我得对你说为什么我知道我会重见加奥的。”

“塔尼-杰尔佳，平静些，我的小姑娘，平静些！”

“不，我得跟你说，那是在很久以前，在多水的河畔，在加奥，总之是在我父亲为王的地方……有一天，过节的一天，从内地来了个老巫师，穿着兽皮和鸟羽，戴着面具和尖帽，拿着响板，口袋里有两条眼镜蛇。在村子的广场上，我们的人围成一个圈，他跳着舞。我在第一排，因为我有一挂玫瑰色的电气石项链，他看出来我是一位桑海首领的女儿。他就跟我谈过去，谈我的先辈们统治着的伟大的曼丁哥帝国，谈我们的敌人，残忍的昆塔人，反正是什么都谈，后来他对我说……”

“平静些，小姑娘。”

“后来他对我说：‘别害怕。岁月可能对你并不友善，但没什么，因为有一天，在地平线上，你将看到加奥放出光华，不再是一个被奴役的、沦为一个微不足道的边缘村镇的加奥了，而是一个恢复了昔日光辉的加奥，我们族群的伟大首都，一个新生的加奥，拥有七座塔楼的、十四个绿松石穹顶的清真寺，拥有带着阴凉内院的房屋、喷泉、灌溉的花园，开满了红色和白色的大花……那时，对于你来说，将是解脱和统治的时刻。’”

塔尼-杰尔佳现在坐得笔直。我们头上，我们周围，到处都充满阳光，烤得石漠发白，发出噼噼啪啪的响声。

孩子突然伸出胳膊，发出一声可怕的喊叫。

“加奥！那就是加奥！”

我望着。

“加奥，”她说，“啊！我早就知道。看那树和水泉，穹顶和塔楼，棕榈树和红色、白色的大花。加奥！……”

果然，在燃烧的天际，一座神奇的城市升起来了，展现出它的奇妙的七彩楼台。在我们睁大的眼睛前，残忍的海市蜃楼狂热至极，翻出种种幻影。

“加奥！加奥！”我喊道。

可是，几乎是同时，我又发出一声呼喊，痛苦的呼喊，恐怖的呼喊。我觉得我握着的塔尼-杰尔佳的小手软了。我刚好来得及把这孩子抱在怀里，听见她喘着气喃喃地说：

“那时，将是解脱的时刻，解脱和统治的时刻。”

几个小时之后，借助于两天之前她用来剥沙丘羚羊的那把刀，我在她死去的绝壁脚下的沙子里挖了一个坑，她将在那里长眠。

一切准备就绪，我想再看一看那张可爱的小脸。我感到一阵昏厥……我很快地把白罩袍拉在那张棕色的脸上，把孩子的遗体放进坑内。

我没有想到加雷。

在我完成这一桩悲惨的工作的过程中，獴一直盯着我。当它听见头几把沙子在白罩袍上滚动时，它发出了一声刺耳的尖叫。我看了看它，我看见它两眼通红，准备扑上去。

“加雷！”我哀求道。

我想抚摸它。

它咬我的手，随后就跳进坑内，刨了起来，发狂似的把沙子扒开。

我三次试图把它拉开。我感到我永远也办不到，即便我办到了，它还会待在那里，把那尸体扒出来。

我的卡宾枪就在脚边。一声枪响，广袤空旷的沙漠上回声四起。片刻之后，加雷躺在它的主人的脖子旁，我曾经多少次地看见它趴在那个地方啊，它也长眠不醒了。

当地面上只剩下一座踩实的小沙丘的时候，我摇摇晃晃地站了起来，进入沙漠，听天由命地朝着南方走去。

第二十章 结局

在韦德米亚山谷的深处，在圣亚威对我说他杀了莫朗日的那个夜晚，一只豺在嗥叫的那个地方，另一只豺，也许是同一只，又在嗥叫了。

我立刻感到，这一夜，那无可挽救的事就要见分晓了。

这个晚上，像其他晚上一样，我们坐在餐厅一侧的简陋的游廊下面。石灰地，一段交叉圆木的栏杆，四根柱子支撑着一个细茎针茅的顶。

我已经说过，栏杆前面很开阔，正对着沙漠。圣亚威讲完了，就站起来，走过去两肘支在栏杆上。我跟了过去。

“后来呢？”我说。

“什么后来？我想，你不会不知道所有的报纸都讲了的东西，我如何饥渴得奄奄一息，在阿乌利米当人的地区，被艾玛尔上尉手下的保安队发现，送到了廷巴克图。整整一个月，我都在说胡话。我在发高烧的时候所能讲出来的东西，我一直不知道。你明白，廷巴克图的军官们没有向我重复的责任。我向他们讲述了我的奇遇，就像莫朗日—圣亚威考察报告上说的那样，从他们听我解释时所表现出的礼貌的冷淡来看，我不难明白，我给他们的正式文本大概与我在发狂时冒出来的某些细节有出入。

“他们也不去深究。一致确认的是，莫朗日上尉死于日射病，由我埋葬在距提米萨奥一百二十公里的塔尔希特

干谷的陡坡上。人人都感觉到了我叙述中的漏洞。他们肯定猜想有什么神秘的惨剧。至于证据，那是另外一回事。在不可能把证据汇集起来的时候，人们宁愿暗中了结一件可能仅仅是一场无用的丑闻的事情。何况，所有这些细节，你跟我知道得一样清楚。”

“那……她呢？”我不好意思地问。

他的脸上现出了胜利的微笑。胜利，是因为他就这样引导我不再想莫朗日，不再想他的罪行了；胜利，是因为他感到自己已经把他的疯狂传染给了我。

“她，她，”他说，“六年来，关于她我一无所知。但是，我看得见她，我跟她说话。我想到我再度出现在她面前的那一时刻……我扑倒在她的脚下，只是对她说：‘饶恕我吧。我反抗过你的律法。我当时不明白。现在，我知道了，你看，像吉尔伯蒂中尉一样，我回来了。’

“‘家庭，荣誉，祖国，’老勒麦日说，‘你们会为了她统统忘掉这一切。’老勒麦日是个愚蠢的人，但是他这样说是出于经验。他知道，红石厅中的五十多个幽灵的意志在昂蒂内阿面前有多大分量。

“而现在，你会问我，这个女人到底是什么人？难道我自己知道吗？再说，这与我何干！她的过去和神秘的来历，她是海神和高贵的拉基德王朝[1]的经过证实的后裔，还是一个波兰醉鬼和马博夫区的一个妓女的私生女，这一切都与我无关。

---

① 古埃及王朝（公元前323年—公元前30年）。这里指她是克娄巴特拉的后裔。

“在我嫉妒莫朗日的那个时候，这些细节还能够与可笑的虚荣心有关系，而文明人不断地把这种虚荣心与有关激情的事物混为一谈。我抱过昂蒂内阿的身体。我从此不想再知道其他任何东西了，无论是田野上鲜花盛开，还是虚有其表的人类将要变成什么。

“我不想知道。或更确切地说，因为我对这种前途看得太准了，我才想在那唯一值得一试的命运中毁灭：一种未经探察的、未被玷污的本质，一种神秘的爱情。

“一种未经探察的、未被玷污的本质。我得向你解释一下。有一次，在一个人口众多的城市里，冬日的一天，我送了一次葬，浑身沾满了从工厂的黑烟囱和郊区那些肮脏旅店一样的房屋中飘落下来的烟炱。

“我们在泥泞中护送着灵柩。教堂是新建的，又潮湿又简陋。除了两三个人之外，他们是被忧郁的痛苦弄得昏头昏脑的亲属，其余的人的眼睛都表现出一个念头：找个借口溜掉。一直跟到公墓的人都是那些没有找到借口的人。我看见了灰色的墙和难看的紫杉。紫杉，这种需要阳光和阴凉的树，在南方的风景中，衬托着蓝色的平缓的山丘，是那样的美。我看见了可憎的装殓和埋葬尸体的人，穿着油污的上衣和戴着上了蜡的大礼帽。我看见……不，这真可怕。

“在城墙附近的一个偏僻角落里，在可憎的、多石的黄土中挖一个坑。那个死人我不记得叫什么了，就埋在那儿。

“在人们把他滑进坑里的时候，我看了看我的手，这双手曾经在一个充满了无与伦比的光明的环境中握过昂

蒂内阿的手。我对我的身体产生了巨大的怜悯，对它将在污泥中所受到的威胁产生了巨大的恐惧。我自言自语道：‘这身体，这宝贵的身体，无疑是独一无二的身体，可能最终会沉沦到这种地方！不，不，所有宝贝中最珍贵的身体呀，我向你发誓，我将使你避免这种耻辱，你将不会在郊区公墓的垃圾中，在一个登记簿的号码下腐烂。你的爱情兄弟，五十多位希腊铜骑士，沉默而庄严，在红石厅中等着你呢。我将把你领到他们身边。’

“一种神秘的爱情。展示他们的爱情秘密的人应该感到羞耻。撒哈拉在昂蒂内阿周围布下了不可逾越的障碍，因此，这个女人最复杂的苛求实际上比你的婚姻更腼腆、更贞洁，这种婚姻通过大量下流的广告、教堂的结婚预告，告诉那些爱开玩笑的无耻之徒，你在哪一天，哪个时辰，将荣幸地强奸你那不值钱的小处女。

“我想，这就是我要对你说的一切。不，还有一件事，我刚才跟你谈了红石厅。在谢尔谢勒[①]（古称恺撒利亚）南面，在一条名叫马察弗朗的小河西面，在钻出马蒂德加的玫瑰色晨雾的一座小山的顶上，有一座神秘的石金字塔。当地人称它为‘女基督徒之墓’。昂蒂内阿的祖先，那位塞雷内的克娄巴特拉，马克-安东尼和克娄巴特拉的女儿的遗体就陈放在那里。这座坟墓虽然处于入侵的路上，却保存了它的珍宝。没有人能够找到那个彩绘的房间，盛着那具辉煌的肉体的水晶棺就陈放在里面。在阴沉的豪华方面，孙女超过了祖母。在红石厅的中央，在那不

① 阿尔及利亚北部的城市和港口。

可见的黑泉发出呻吟的岩石的上面，有一座平台。当周围那一百二十个壁龛都收获了它们心甘情愿的猎物的时候，我跟你谈过的那个奇妙的女人将在那儿登上希腊铜椅，头上戴着双冠和金质眼镜蛇冠饰，手里拿着尼普顿的三股叉。

“你还记得，我离开霍加尔的时候，55号的位置应该是我的。从那以后，我就不断地计算，我的结论是，我应该栖息在80或85号的位置上。但是，一种建立在像女人的任性一样脆弱的基础之上的计算可能会有错误。因此，我越来越焦躁不安。要快，我跟你说，要快呀。”

“要快。”我重复着，仿佛是在梦中。

他带着一种无法描述的快乐的表情抬起了头。他的手握住了我的手，幸福得颤抖不已。

“你会看到她的，”他如醉如痴地说，“你会看到她的。”

他发狂似的抱住了我，久久地紧紧拥抱着我。

我们俩都沉浸在不寻常的幸福中，时而大笑，时而像孩子一样哭泣，一边还不断地反复说道：

“赶快！赶快！”

突然，一阵微风吹过，廊顶的细茎针茅飒飒作响，淡丁香色的天空还在褪色，突然，一道巨大的黄色裂口在东方划破了天空。黎明来到了空旷的沙漠上。堡垒的深处，响起了一片低沉的声音，哞哞声，铁链声。哨所苏醒了。

我们沉默了一会儿，眼睛凝视着去往南方的路，那条路通往特玛锡南、艾格雷、霍加尔。

在我们身后，有人在餐厅的门上敲了一下，我们打了个冷战。

“进来，”安德烈·德·圣亚威说，声音又变得严厉了。

夏特兰中士长来到了我们面前。

“这个时候您要干什么？”安德烈·德·圣亚威粗暴地问道。

士官立正。

“请原谅，上尉。夜里巡逻队在哨所附近抓了一个土著。不过，他并不躲藏。他一被带到这儿，就要求见指挥官。那时正是半夜，我不想打搅您。”

“这个土著是个什么人？”

“是个图阿雷格人，上尉。”

“一个图阿雷格人。把他带来。”

夏特兰闪在一旁，他的身后正是那个人，由我们的一名土著士兵陪着。

他们走上平台。

这个人身高六尺，的确是个图阿雷格人。晨曦照亮了他的深蓝色棉布衣。他的两只阴沉的大眼睛闪闪发亮。

当他转向我的战友的时候，我看见他们两个人都颤抖了一下，但转瞬间就恢复了平静。

他们默默地对视了一会儿。

然后，图阿雷格人鞠了一躬，以非常平静的口吻说：

“祝你平安，德·圣亚威中尉。”

“祝你平安，塞格海尔-本-谢伊赫。”